청춘아 글쓰기를 잡아라

청춘아 글쓰기를 잡아라

이인환 지음

출판안

SNS 시대의 생존전략 실용글쓰기 기초입문서

청춘아 글쓰기를 잡아라

초판 인쇄 | 2014년 11월 10일
초판 발행 | 2014년 11월 14일

엮은이 | 이인환
펴낸곳 | 출판이안

펴낸이 | 이인환
등 록 | 2010년 제2010-4호
편 집 | 이도경, 김민주
주 소 | 경기도 이천시 호법면 단천리 414-6
전 화 | 031)636-7464, 010-2538-8468
인 쇄 | 이노비즈
이메일 | yakyeo@hanmail.net
홈카페 | http://cafe.daum.net/leeAn

ISBN : 979-11-85772-01-1-03800

「이 도서의 국립중앙도서관 출판예정도서목록(CIP)은 서지정보유
통지원시스템 홈페이지(http://seoji.nl.go.kr)와 국가자료공동목록
시스템(http://www.nl.go.kr/kolisnet)에서 이용하실 수 있습니다.
(CIP제어번호: CIP2014029925)」

값 14,000원

글쓴이가 팔아야 하는 것은

글의 주제가 아니라 자기 자신이다.

- 윌리엄 진서

주인공으로 살 것인가,
들러리로 살 것인가?

> **"성공한 사람들은 가슴 속에 큰 꿈을 품은 사람들이었다. 목표를 설정
> 하지 않은 사람은 목표를 뚜렷하게 설정한 사람들을 위해 일하도록 운
> 명이 결정된다." - 브라이언 트레이시**

이 말을 듣고도 뜨끔하지 않았다면 행복한 청춘이다. 뚜렷한 목표가 있거나,
아직은 살아가는데 큰 어려움을 겪지 않는 사람 중에 한 부류일 것이다. 세상은
자신이 어떻게든 살기 마련이 아니던가. 성공이든 실패든 행복하다면 그것으로
충분하다.

이 말을 듣고 뜨끔했다면 더욱 행복한 청춘이다. 적어도 이제는 평생 남을 위
해 일하도록 결정된 운명에서 벗어날 가능성이 보이기 때문이다.

성공의 출발점은 각성에 있다. '어떤 잘못이나 사실 등을 깨달아 앎', '정신
을 차리고 깨어남'을 뜻하는 각성은 온몸을 전율하게 만드는 뜨끔함으로 찾아온
다. 따라서 이 말을 듣고 뜨끔했다면 당신은 이 순간 자신도 모르게 각성에 이른
것이다. 그러니 어찌 행복하지 않을 수 있겠는가?

"목표가 없는 사람은 목표 있는 사람의 들러리 인생이다."

이 말은 어떤가? 같은 뜻이어도 어떻게 표현하느냐에 따라 각성의 강도가 다
르다는 것을 느낄 수 있다. 이 얼마나 뜨끔한 말인가? 들러리 인생이라니!

세상에는 무슨 일이든 주인공과 그 주인공을 위해 들러리 역할을 하는 사람
이 생기기 마련이다. 당장 글쓰기 강좌만 해도 수강생의 정원이 채워지지 않으

면 강좌는 이뤄지지 않는다. 강좌가 진행되면서 주인공과 들러리 역할을 하는 사람이 드러나기 시작한다. 주인공은 확실한 목표를 갖고 매 순간 최선을 다해 큰 성과를 얻어가지만, 들러리 역할을 하는 이들은 강좌가 이뤄지도록 머릿수만 채워주는 경우가 많다.

그래서 필자는 글쓰기 강좌에서 주인공 의식을 갖지 못한 이들이 좀 더 각성할 수 있도록 자극적인 말로 위의 말을 각색해 보았다.

"글을 쓰지 않는 삶은 글 쓰는 삶의 들러리 인생이다."

그랬더니 들러리가 되지 않으려고 어떻게든지 글쓰기를 시도했다는 수강생이 늘어났다. 글쓰기를 하다가 힘들 때면 들러리 인생으로 떨어질 수 없다는 의지를 다지다 보니 어떻게든 힘든 상황을 극복하고 글을 쓰게 되더라는 경험담을 들려주기 시작했다.

필자는 그동안 글쓰기 강좌를 하면서 참 많은 사람이 글쓰기 능력을 제대로 발휘하지 못하는 것을 보았다. 학창시절에 타율적인 글쓰기 교육으로 '글쓰기는 어려워!'라는 선입견을 새긴 것이 가장 큰 문제다. 자신감을 가져도 힘든 것이 글쓰기인데, 시작부터 '글쓰기는 어려워!'라는 생각으로 접근하니 얼마나 어렵겠는가?

필자는 무엇보다 먼저 '글쓰기는 어렵다'는 선입견을 깨기 위해 노력했다. 글쓰기 방법보다 먼저 왜(why), 무엇을(what) 써야 하는지 스스로 점검해 보는 시간을 많이 갖도록 했다. 글쓰기를 어려워하는 이들은 대개 '왜?', '무엇을?' 써야 하는가보다 '어떻게(how)' 써야 하는지에 집착해서 글쓰기를 더욱 어렵게 만든다는 것을 알았기 때문이다.

'왜 써야 하는가?'

'무엇을 써야 하는가?'

글쓰기는 기술을 배우기 전에 먼저 주인공으로서 갖춰야 할 글쓰기의 절실함을 각성해야 한다. 글쓰기의 절실함을 깨달으면 기술은 금방 익힐 수 있다.

이 책은 '왜?', '무엇을?' 써야 하는지에 대해 먼저 각성하는 시간을 갖도록 구성했다. 각 장르별 글쓰기 방법을 제시할 때도 '어떻게?'라는 글쓰기 방법보다 '왜?', '무엇을?'이라는 절실함을 앞세운 글쓰기 방법을 제시했다.

아울러 현대인이 꼭 알아야 할 SNS 글쓰기, 이메일 쓰기, 자서전, 자기계발서, 수필, 독서감상문, 자기소개서, 이력서, 논설문, 연설문, 보고서, 보도자료 등 실용적인 글쓰기를 잡는 방법을 다뤘다.

지금은 워드프로세스가 발달하면서 웬만한 띄어쓰기와 맞춤법을 자동적으로 걸러주고 있다. 따라서 문법을 몰라도 웬만한 글은 쓸 수가 있다. 하지만 기초문법을 지키지 못한 글은 눈살을 찌푸리게 한다. 그래서 워드프로세스가 자동으로 잡아주지 못하는 기초문법도 다뤄보았다. 여기에 있는 문법의 기본만 익혀도 크게 흠 잡히지 않는 글을 쓸 수 있을 것이라 믿는다.

"글을 쓰지 않는 삶은 글 쓰는 삶의 들러리 인생이다."

다시 한번 글쓰기의 중요성을 각성하는 의미로 이 말의 뜻을 새겨보았으면
한다. 글쓰기가 힘들다고 느낄 때마다 주인공 의식을 챙길 수 있는 강력한 힘을
얻을 것이다.

글쓰기는 역사적으로 주인공의 전유물이었다. 지금도 역사의 주인공으로 사
는 이들은 끊임없이 글을 쓴다. 수많은 책 중에 〈청춘아, 글쓰기를 잡아라〉는
제목을 보고 이 책을 선택한 여러분은 이제 세상의 주인공이 되고자 첫발을 내
디딘 것이다. 모쪼록 초심을 놓치지 말고 끝까지 가보자. 목표를 잃고 중도에
포기하면 들러리요, 확고한 목표를 끝까지 놓치지 않고 어려움을 이겨내서 글
쓰기를 잡으면 주인공이 되는 것이다.

지금도 강의 현장에서 필자를 믿고 따르며 글쓰기에 자신감을 얻어 가면서
이런 책이 꼭 필요하다고 용기를 북돋아 주신 여러 선생님들께 이 자리를 빌려
다시 한번 진심으로 감사를 드린다.

아울러 이 책을 기획하고 집필할 때 누구보다 물심양면으로 격려해주고 도
와주신 한국독서철학교육연구소 이영호 소장님, 필자가 강의를 할 수 있도록
든든한 우군으로 지켜주시는 김효석OBM스피치커뮤니케이션 김효석 대표님
께 존경의 마음을 담아 진심으로 감사를 드린다.

독서와 글쓰기로 소통하는 시인 이인환

: CONTENTS

PART2 글쓰기로 존재가치를 증명하라
- 실용글쓰기 13강

PART3   뜻이 분명하게 써라
- 때깔 좋은 문장 만들기

PART 1

주인공이 되려면 글을 써라

수천 년 동안 소수의 엘리트가

자신들만의 전유물로 삼아왔던 글쓰기는

결코 만만하게 볼 대상이 아니다.

확고한 의지를 세우지 않으면

포기할 수밖에 없다.

처음부터 욕심을 부리지 말자.

제1강

첫발을 디디자, 주인공의 세계로!

성공하고 싶으면 지금 바로 시작하자

　온라인 취업포털 사람인(www.saramin.co.kr)이 기업 인사담당자 185명을 대상으로 '신입사원에게 가장 부족한 국어 관련 업무능력'을 조사한 결과, '기획안 및 보고서 작성 능력'이 40%로 1위를 차지했다. 다음으로 '대인 커뮤니케이션 능력'(17.3%), '프레젠테이션 능력'(11.9%), '구두 보고 능력'(11.4%), '회의 토론 능력'(10.3%) 등을 꼽았다.

　실제 업무에서 각 언어 능력이 차지하는 중요 수준을 비교해 보니 평균 65:35(한국어:외국어)의 비중으로, 한국어를 더 중요하게 평가하고 있었다. 또 국어 능력이 뛰어나면 인사평가 및 승진에 도움된다는 응답이 68.7%로, 외국어 능력이 도움된다(60%)는 응답보다 더 많았다.

　- 2013년 10월 8일(OSEN, 강희수 기자) 중에서

글쓰기 능력이 중요해지고 있다. 취업에 절대적인 힘을 발휘하는 자기소개서, 논리적인 설득력을 필요로 하는 논설문, 프레젠테이션의 핵심인 기획서, 업무홍보에 결정적인 영향력을 끼치는 보도자료 등 직무와 관련된 모든 것이 글쓰기 능력을 필요로 한다.

글쓰기는 더 이상 학창시절만 넘기면 벗어날 수 있는 굴레가 아니다. 직장에서 승진과 성공을 하려면 필수로 갖춰야 할 능력이다.

구제역 파동이 일어나면서 공무원들이 겨울 내내 현장으로 내몰렸던 때가 있었다. 그때 서른 넘어 축산협동조합에 막 입사한 사람이 있다. 그 겨울은 그에게 지옥 같은 날들이다. 한겨울에 농가를 찾아다니며 소독을 하는 것은 견딜 만했지만 생생하게 울부짖는 소와 돼지를 산 채로 구덩이에 묻는 일은 정말 참을 수 없는 고통이다. 봄이 되고 날씨가 풀리면서 구제역 광풍이 어느 정도 그쳐갈 무렵이다.

"구제역 체험수기를 쓰라는데 어쩌면 좋죠?"

"쓰면 돼지 뭐가 문제야?"

"어떻게 써야 할지 몰라서…."

"그럼, 안 쓰면 되잖아."

"인사고과가 걸린 문제라…."

그는 부서의 직책에 밀려서 의무적으로 체험수기를 써야 한다는 말을 들었을 때 막막했다고 한다. 신입사원으로서 차마 못하겠다는 말을 못해 고민하다 필자를 생각한 것이다. 뒤늦게 취직한 곳이라 어떻게든지 최선을 다하려는 절박함이 그대로 느껴졌다.

"그냥 친한 사람과 술 마시며 현장에서 겪었던 이야기를 말하듯이 써 보자."

일단 써놓고 보여 달라고 했다. 사흘 후에 초고를 보여주었다. 글을 못 쓴다는 엄살에 비해 스토리가 재미있게 전개되어 있었다. 그의 글 중에 띄어쓰기와 맞춤법, 그리고 문장 몇 군데만 살짝 손을 봐주었다. 일주일 후에 그가 우수상을 받았다는 소식을 전해왔다. 그리고 몇 달 후에는 직장에서 후원하는 외국연수 사원으로 선발되었다는 소식도 전해왔다.

구제역 예방에 똑같은 고생을 하고도 글을 쓴 사람은 앞서 가지만 글을 쓰지 못한 사람은 뒤처질 수밖에 없다. 남의 일이 아니다. 청춘아, 주인공이 되려면 지금 당장 시작하자.

이순신 장군에게는 있고, 라이벌에게는 없는 것

이 사진의 주인공은 누구일까?

1980년대까지 초등학생들이 가장 존경하는 인물로 뽑았고, 지금은 직장인들이 가장 존경하는 인물로 뽑는 위인이다.

그렇다. 이순신 장군은 정말 행복한 사람이다. 죽어서도 죽지 않는 이름을 얻었고 만물의 영장으로서 불멸의 명예를 얻었다. 장군은 평생 정의를 지켜왔고, "살려고 하면 죽을 것이요, 죽으려고 하면 살 것이다."라는 각오로 임진왜란 당시 월등한 군사력을 앞세운 왜군을 상대로 23전 전승이라는 불멸의 전공을 세웠다.

이 사진의 주인은 누구일까?

이순신 장군과 동시대를 살았고, 나라를 위해 싸우다 전쟁터에서 목숨을 잃었다. 임진왜란이 끝난 후 이순신 장군, 권율 장군과 함께 선무공신 1등으로 책록된 장군이다.

이순신 장군의 명성이 높을수록 그늘이 더욱 짙어지는 인물, 이순신 위인전을 읽은 사람이라면 상대적으로 가장 미워할 수밖에 없는 인물, 나라를 위해 싸우다 전쟁터에서 목숨까지 바쳤지만 어쩌면 우리 역사에서 가장 저평가를 받고 있을지 모르는 인물이다. 장군이라는 호칭을 붙이는 것조차 어색한 인물, 바로 원균이다.

〈원균 그리고 원균〉(고정욱 저)은 소설의 형식을 빌려 간신, 비겁자, 패배자로 인식되고 있는 원균 장군의 삶과 역사적 위상을 재조명하면서 그가 왜곡된 역사의 희생자임을 밝히는 시도를 보여준다. 이 책은 이순신 장군이 약속을 어기고 전공을 가로채기 위해 임금에게 먼저 장계를 올렸기 때문에 원균 장군과 사이가 틀어졌다는 이야기를 담고 있다. 그동안 부정적으로만 평가되었던 원균을 긍정적으로 바라보는 시도로, 원균의 후손들이 조상의 명예를 회복하기 위한 노력에 큰 힘을 제공하고 있다.

물론 원균 장군의 후손들이 펼치는 구명 운동에 대한 반론도 만만찮다. 무엇보다 이순신 장군의 전공에 대한 기록은 많은데, 원균의 공적을 증명할 만한 역사적인 자료는 거의 없다. 기록에는 원균 장군이 옥포 해전에서 전공을 세웠고, 나라를 위해 싸우다가 천금과 같은 목숨을 바쳤고, 전쟁 후에는 이순신 장군과 함께 1등 공신으로 이름도 올린 것으로 나타난다. 하지만 그 외의 자료는 거의 없다. 후손들 입장에서는 억울할 만도 하다.

원균 장군에게는 이순신 장군이 갖고 있는 결정적인 것이 없다. 어쩌면 이것이 오늘날 극명하게 대비되는 평가를 받고 있는 이순신 장군과 원균 장군의 차이일지 모른다.

글쓰기 강의를 할 때마다 수강생들에게 글쓰기 동기부여를 하기 위해 이런 논쟁을 상기시키곤 한다.

"이순신 장군에게는 있고, 원균에게는 없는 것이 무엇일까?"

생각해 보자. 오늘날 가장 존경받는 이순신 장군에게는 있고, 어쩌면 역사에서 가장 저평가 받고 있을지 모르는 원균 장군에게는 없는 것이 무엇일까?

이순신 장군을 존경하는 사람으로서 원균을 깎아 내리거나, 또는 원균을 새롭게 조명하기 위해 그를 옹호할 마음이 없다. 단지 글쓰기 강사로서 후세에 존경받는 사람이 되기 위해 이순신 장군에게 따라 배워야 할 것이 무엇인가를 강조하고 싶은 것이다.

"글쓰기 강사인 내가 가장 강조하는 것이 무엇일까?"

수강생 중에 눈치 빠른 이들이 탄식처럼 말한다.

"아, 난중일기!"

그렇다. 이순신 장군에게는 난중일기가 있고, 원균에게는 이에 버금가는 것이 없다. 난중일기는 이순신 장군의 업적을 연구하는 중요한 자료로 쓰인다. 하지만 원균의 업적을 연구하는 자료는 극히 미약하다. 심지어 이순신 장군이 쓴 난중일기의 내용으로 인해 원균 장군은 더욱 평가가 절하되는 점도 있다.

글이란 쓰는 사람의 입장이 긍정적으로 담길 수밖에 없다. 곧 난중일기는 이순신 장군의 입장에서 당신의 업적을 긍정적으로 평가한 이야기들이 담긴 글이라는 것을 의미한다. 만약에 원균 장군도 틈틈이 글을 써서 자신의 업적을 중심으로 기록한 난중일기와 같은 글을 남겼다면 지금쯤 어떤 평가를 받게 되었을까?

이순신 장군이 될 것인가?

원균이 될 것인가?

선택은 여러분에게 달려 있다.

어렵기 때문에 더욱 가치가 있다

디지털 시대가 되면서 글쓰기는 더 중요해졌다. 이메일, 홈페이지, 블로그, 스마트폰으로 누구나 글을 쓴다. 글쓰기의 중요성은 이제 개인 차원을 넘어섰다. 대학에서는 신입생을 위한 글쓰기 센터를 만들고 프로그램을 만드는 게 대세이다. 전문가들도 이제는 글쓰기를 잘해야 자기 분야에서도 인정받고 대중과도 소통하는 진정한 스타가 된다. 전문가의 언어가 아니라 대중의 언어로 발언하는 것은, 이제 전문가가 갖춰야 할 필수 능력이다.

글쓰기가 개인의 문화자산이자 브랜드 가치를 높이는 핵심 노동으로 자리 잡은 것이다. 가장 아날로그적인 노동인 글쓰기가 디지털 시대에 화려한 빛을 발한다. 조만간 성공의 잣대 가운데 하나로 글쓰기 지수 (WQ · Writing Quotient)가 등장할 날이 올지도 모른다.

- 2011년 8월 15일 한겨레 신문 기사 중에서

인간이 만물의 영장이 될 수 있었던 것 중에 하나는 그 어떤 동물도 가지지 못한 명예욕을 가졌기 때문이다. 사람만이 사후의 명예까지 생각하며 부끄럽지 않은 이름을 남기기 위해 살아간다. 지금 우리가 만물의 영장으로서 지위를 누릴 수 있는 것은 목숨보다 명예를 더 소중히 여긴 위인들 덕분이다.

역사적으로 글읽기와 글쓰기는 소수 엘리트 집단의 전유물이었다. 그들은 글읽기와 글쓰기를 독점하면서 자신들만의 명예를 이어왔다. 그런 글읽기와 글쓰기가 우리 모두에게 주어진 것은 그리 오래되지 않았다.

불과 50년 전만 해도 우리 국민의 절대다수는 글쓰기는커녕 글읽기와도 거리가 먼 삶을 살아왔다. 1950년대만 해도 국민의 78%가 문맹이었다. 문맹을 벗어난 22%의 국민 중에서도 글쓰기를 할 줄 아는 사람은 극히 소수에 불과했다. 글쓰기는 지금도 거의 비슷하다. 국민의 거의 99%가 문맹에서 벗어났지만, 고등교육까지 받은 사람도 글쓰기를 어려워하며 기피하는 경우가 많다.

글쓰기는 아직도 소수 엘리트의 전유물로 남아 있다. 이제 글쓰기는 하느냐 마느냐 선택의 문제가 아니다. 역사의 주역인 소수 엘리트 대열에 합류하느냐, 아니면 끝까지 역사의 주변 인물로 살다 흔적 없이 사라지느냐의 문제다. 호랑이는 죽어서 가죽을 남기고, 인간은 죽어서 이름을 남긴다.

나는 과연 무엇을 남길 것인가?

사진을 보면 무슨 생각이 드는가?

필자는 한국이 낳은 세계적인 발레리나 강수진의 모습이 떠오른다. 강수진은 유학 시절에 180도로 벌어지지 않는 다리를 찢기 위해 잠을 잘 때도 다리를 벌리고 벽에 붙이고 잤다가, 아침에 일어날 때 찢어진 다리가 저려서 제대로 일어나지 못한 적도 있을 만큼 혹독한 다리찢기 연습을 했다. 피겨스케이팅으로 세계를 제패한 김연아 선수도 마찬가지다. 수없이 빙판에 엎어지며 근육이 단련될 때까지 갖은 고통을 이겨내야 했다. 주인공은 아무나 되는 것이 아니다.

　글쓰기도 마찬가지다. 필자는 거의 5년째 매주 화요일마다 글을 쓰기 위해 밤을 새우고 있다. 지역신문의 논설위원 및 칼럼위원으로서 매주 사설 한 편과 독서논술 고정칼럼을 지금까지 한 번도 거르지 않았다. 이 경험을 통해서 글쓰기도 근육을 단련하는 운동과 비슷하다는 것을 실감하고 있다.

　신문에 기고를 시작한 3개월까지는 마감에 쫓겨 글을 써놓고는 또다시 일주일 동안 가슴이 먹먹해 짐을 느끼곤 했다. 칼럼은 마음대로 쓰면 되는 글이라 일주일 동안 언제라도 완성시켜 놓으면 되지만, 사설은 가급적 최신 문제를 다루기 위해 마감일 직전에 주제가 정해지기 때문에 하룻밤에 써야 한다. 그날 밤은 머리를 쥐어짜며 꼬박 새우곤 했다.

　　나는 "글쓰기가 갈수록 쉬워집니까?" 하는 물음을 받은 어떤 작가의 인터뷰를 들은 적이 있다. 작가는 대답했다. "아뇨, 하지만 더 나아는 집다."

　　　　　　　　　　　　　　　　　　　　－「네 멋대로 써라」, 데릭 젠슨, 삼인

　글쓰기가 힘들 때마다 이 말과 위의 사진을 떠올리며 위안을 삼곤 했다. 그러자 원고를 써놓기가 무섭게 '다음에는 또 뭘 쓰지?' 라는 생각으로 거의 일주일 내내 답답했던 가슴이 점점 풀리기 시작했다. 3개월이 지났을 때는 '어차피 어떻게든 써지는 글인데 왜 답답해야 하지?' 라는 생각이 들었고, 어느 순간에 가슴을 짓누르던 글쓰기에 대한 강박관념이 확 풀어지는 것을 느낄 수 있었다.

물론 지금도 글쓰기는 어렵다. 하지만 오랜 경험을 통해 가슴이 답답해지는 빈도는 훨씬 줄었다. 그러다 보니 조바심 내며 하룻밤을 꼬박 새우던 것에서 벗어나 좀 더 여유롭게 마감 시간을 즐기고 있다.

쓰자, 확고한 의지를 세워!

"아프리카에서는 매일 아침 가젤이 잠에서 깬다. 가젤은 가장 빠른 사자보다 더 빨리 달리지 않으면 죽는다는 사실을 알고 있다. 그래서 그는 자신의 온 힘을 다해 달린다.

아프리카에서는 매일 아침 사자가 잠에서 깬다. 사자는 가젤을 앞지르지 못하면 굶어죽는다는 사실을 알고 있다. 그래서 그는 자신의 온 힘을 다해 달린다.

당신이 사자이든 가젤이든 마찬가지이다. 해가 떠오르면 달려야 한다."
- 「마시멜로 두 번째 이야기」(호아킴 데 포사다·엘런 싱어 지음, 한국경제신문) 중에서

밀림에서 사자가 사냥에 나섰다가 성공하는 확률은 20% 내외다. 가젤이 사자의 공격을 이겨내는 확률이 80% 내외라는 말이다. 사자는 한 끼의 식사를 해결하기 위해 뛰지만 가젤은 목숨을 걸고 뛰기 때문이다.

지금 우리는 밀림보다 더한 세상을 살고 있다. 국민의 80% 이상이 문맹인 시절에는 몸만 튼튼하면 그런대로 먹고 살 수 있었다. 하지만 99% 이상이 글을 읽고 글쓰기를 배우는 지금은 머리를 쓰지 못하면 살아 남

기 힘든 세상이다.

2010년 3월 8일 취업·인사포털 인크루트와 시장조사 업체 이지서베이에 따르면 직장인 1000명을 대상으로 '직장인 정년 예상 시기'에 대해 조사한 결과 직장인들의 예상정년 시기는 평균 '46.4세'로 집계됐다. 또한 현 직장에서 언제까지 일하고 싶은가에 대한 '희망정년'을 조사한 결과 평균 57.1세로 나타나 예상정년과는 큰 차이를 보였다.

'희망정년'은 어디까지나 희망사항일 뿐이다. 각 기업체에서는 어떻게든지 비용을 절감하기 위해 정년을 낮추려고 한다. 넘쳐나는 인력도 충분하다. 비정규직이나 인턴이 줄을 서서 기다린다. 각종 의료시설의 발달로 인생 100세를 바라 볼 때 앞으로 인생의 반 정도를 은퇴생활로 채워야 한다. 지금부터 준비하지 않으면 정말 끔찍한 일이다.

"제 이야기를 책으로 쓰면 잘 팔리겠죠?"
"저도 쓰고 싶습니다. 하지만 시간 내기가 힘든데…."
"저는 글재주가 없는데…."

자기계발서로 성공해서 큰돈을 버는 저자들이 매스컴을 오르내리면서 글쓰기에 관심을 갖는 직장인이 많이 늘었다. 책만 잘 쓰면 유명강사도 될 수 있고, 정년을 걱정하지 않아도 되니까 먼저 한발 걸치기를 시도하는 직장인들도 많다. 매우 고무적인 일이다.

하지만 현실은 냉혹하다. 의지를 세웠다가도 막상 글쓰기를 시작하면 뒤로 빼는 사람들이 많다. 수천 년 동안 소수의 엘리트만이 전유물로 삼아왔던 글쓰기는 결코 만만하게 볼 대상이 아니다. 확고한 의지를 세우지 않으면 포기할 수밖에 없다.

사실 웬만큼 글을 쓰는 사람들은 어려서부터 글쓰는 가정환경에 길

들여진 경우가 많다. 지금 글쓰기가 어렵다는 것은 어려서부터 글쓰기와 거리가 먼 환경에서 자라왔기 때문일 수도 있다. 이런 사람이 단기간에 성과를 바라고 글쓰기에 뛰어 든다면 그만큼 좌절도 쉽게 다가온다.

처음부터 욕심을 부리지 말자. 단기간에 성과를 내려고 덤비기보다 기초부터 다져나간다는 마음으로 임해야 한다. 좀더 넓은 시각으로 차근차근 글쓰기를 시도하며, 이렇게 쓴 글들을 모아 나중에 책으로 내겠다는 여유를 갖는 것이 중요하다.

제2강

스마트 시대를 선도하자

스마트 시대에 맞는 글을 쓰자

'손 안의 컴퓨터'라 불리는 스마트폰의 보급 대수는 3500만이 넘었다. 스마트폰 보급률 세계 1위를 차지한 한국은 넘치도록 스마트하다. 2012년까지 치유와 공감의 '한 줄 에세이'의 시대였다면, 2013년에는 '짧은 이야기'의 시대가 도래했다. 장편이 아닌 장편掌篇소설의 시대. 손바닥으로는 너무 크고 '손가락 하나' 정도에 불과한 짧은 이야기의 시대가 되었다고 보는 편이 좋을 것이다.

- 「키워드로 돌아보는 2013년 출판」, 한기호의 '이야기의 힘'에서.

스마트폰이 거리에 넘치고 있다. 불과 몇 년 전만 해도 길거리에서 스마트폰을 펼쳐드는 것은 젊은이들만이 특권인 듯했다. 하지만 요즘은 지하철이나 길을 거닐면서 스마트폰에 빠져 있는 사람들은 젊은이들만이 아니다. 한때는 지하철에서 신문지를 펼쳐 들었던 어른들도 이제는 스마트폰에 빠져 있는 모습이 낯익은 풍경으로 자리잡았다. 오죽하면 길거리에서 스마트폰을 검색하는 것을 법으로 금지해야 한다는 소리까지 들릴 정도일까?

스마트폰은 이제 생활 깊숙이 파고 들었다. 스마트폰에는 엄청난 정보가 넘치고 있다. 그래서 요즘 사람들은 심심할 틈이 없다. 대신 사람들은 긴 글에 관심을 갖지 않는다. 예전에는 심심함을 달래기 위해서라도 긴 글을 읽고 또 읽었다. 하지만 지금은 그만큼 긴 글을 읽을 여유가 없다.

이것이 시대의 대세다. 따라서 혼자서 볼 글이 아니라며 몰라도 진심으로 독자를 의식한 글이라면 가급적 짧게 쓰는 노력을 기울여야 한다. 아무리 좋은 글도 길면 읽는 이가 없다.

시대적 상황을 반영이라도 하듯 요즘 서점에서는 짧고 쉽게 읽히는 책들이 많이 팔린다. 독자에게 읽히는 글을 쓰려면 짧게 써야 한다.

"내 귀에 들리는 대로 내가 응하리라." - '민수기' 14:26

예수님도 말씀하셨다. 정말로 원하는 것이 있다면 하느님 귀에 들리게 말해야 한다. 아무리 좋은 말을 많이 해도 당신의 귀에 들리지 않으면 예수님도 들어줄 수가 없다.

글쓰기 패턴이 바뀌고 있다. 아무리 좋은 내용이라도 쉽게 읽히지 않으면 결코 좋은 글이 될 수 없다. 글쓰기는 보통 A4용지 한 장을 넘기는 것을 기본으로 여긴다. 200자 원고지 8장 이상이다. 하지만 요즘은 이 정도 분량은 너무 길다. 글이 길면 사람들이 읽으려 하지 않는다. 글의 가치를 높이려면 가급적 짧게 써서 강렬한 인상을 줘야 한다.

생활 속에 항상 함께하는 삼성

가족의 웃음이 담긴 따뜻한 사진에도, 친구와 함께 듣는
즐거운 음악에도, 연인과 함께 보는 재미있는 영화에도,
일상의 감동이 만드는 행복함이 있습니다.
삼성은 이런 행복한 순간에 언제나 함께 하고 있습니다.

삼성 홈페이지에 있는 글의 일부다. 삼성이 지향하는 바가 무엇인지 한 눈에 보여주는 이 짧은 글 속에서 삼성이 세계 최고의 반열에 오른 이유를 알 수 있다. 짧은 글을 쓰기 위해 담당자가 얼마나 심혈을 기울였을지 짐작해 보자. 결코 쉬운 일이 아니다.

글을 써 본 사람은 긴 글보다 짧은 글쓰기가 훨씬 힘들다는 것을 안

다. 자신이 쓰고 싶은 글은 얼마든지 쓸 수 있을지 모르지만 독자에게 읽히는 글을 짧게 쓰기란 정말 어려운 일이다.

스마트 시대를 선도하기 위해서는 그만큼 연습과 단련이 필요하다. 짧은 글 속에 강렬한 메시지를 담는 노력을 해야 한다. 가급적 하고 싶은 말을 줄이고 문장도 깔끔하게 다듬는 노력이 필요하다. 자신의 설명이나 주장은 최대한 줄여서 독자가 스스로 생각하게 만드는 글을 써야 한다.

틈틈이 시를 외우며 간결한 표현을 익히자

'모든 것은 트위터로부터 비롯되었다.' 2012년에 베스트셀러를 휩쓸었던 에세이들은 대부분 트위터에서 비롯된 것들이다. 이들 에세이에는 공감과 위로의 한 줄 어록이 담겨 있었다. 독자는 혜민 스님의 『멈추면, 비로소 보이는 것들』(쌤앤파커스), 법륜 스님의 『스님의 주례사』(휴), 『아프니까 청춘이다』(쌤앤파커스)에 이은 김난도의 『천 번을 흔들려야 어른이 된다』(오우아), 이외수의 『사랑외전』(해냄), 공지영의 『사랑은 상처를 허락하는 것이다』(폴라북스) 등의 에세이에서 치유의 메시지를 갈구했다.

　　- 키워드로 돌아보는 2013년 출판, 한기호의 '이야기의 힘'에서.

〈멈추면 비로소 보이는 것들〉(혜민 저, 쌤앤파커스)은 스마트 시대를 이끌어 가는 출판문화의 선구자라 할 수 있다. 트위터가 한창 전성기를 이룰 때인 2012년 1월 27일에 발간되어 1년 만에 200만 부가 넘게 팔리는 기록을 세우고, 지금까지도 꾸준히 찾는 독자가 많아 240만 부 넘게 찍은 기록에 남을 만한 대형 베스트셀러다.

> 한번 살펴 보세요
> 우리가 매일매일 쏟아내는 말들 중에
> 얼마만큼이 진짜 내 말이고
> 얼마만큼이 다른 사람이 한 말을 짜깁기해서
> 내 말로 둔갑한 말인가요
> 나는 진짜로 나만의 말을, 얼마나 하나요
> 진짜 내 말이라는 것이 있기는 한가요

이 책은 거의 이런 짧은 이야기들로 이뤄졌다. 부담 없이 읽을 수 있고, 140자로 제한된 트위터에 부담없이 올려 아무하고나 쉽게 공유할 수 있는 내용들이다.

〈아프니까 청춘이다〉(김난도 저, 쌤앤파커스)의 폭발적인 인기에는 짧고 쉽게 읽히는 글이 큰 힘을 발휘했다. 제목부터 강렬한 메시지로 눈길을 끄는 이 책은 목차의 소제목들이 청춘을 노래하는 한 편의 시를 연상케 한다. 본문의 간결하고 짧은 글들도 생각날 때마다 언제든지 펼쳐 들게 만드는 매력을 발산한다. 저자인 김난도 교수는 '글은 여러모로 힘이 세다'는 주제로 자신이 글쓰기 실력을 갖추기 위해 노력한 과정을 들려준다.

> 우선 시를 외웠다. 그 당시 집에서 학교까지 1시간 가량 버스를 타야 했는데, 작은 카드에 시를 한 편씩 적어 놓고 버스에서 그걸 외웠다. 시인 들의 글솜씨가 내게 녹아들기를 간절히 기원하면서⋯. 물론 나는 시인을 꿈 꾼 적도 없고, 그 이후 내가 이렇다 할 시 한 편 쓴 적도 없다. 하지만

내 글에는 리듬감이 있어서 읽기 편하다는 칭찬을 간혹 듣는데, 그때 시를 외운 효과가 조금 남아 있는 것은 아닐까 혼자 생각해 본다.

- 김난도의 '아프니까 청춘이다' 중에서

이 부분을 접하고 필자는 1994년 가을 무렵의 추억으로 빠져 들었다. '풍금이 있던 자리'(문학과지성사)로 문단에 이름을 알리기 시작한 신경숙 작가를 섭외하기 위해 자택을 방문했을 때였다. 분명히 소설가로 알고 왔는데, 작가의 서재에는 각종 시집으로 가득 채워져 있었다.

"소설을 쓰시는 것으로 알고 있는데 의외로 시집이 많네요?"

정말 어리석은 질문이었다. 그때 낯선 손님을 차분히 맞이하던 작가가 "시집을 통해 습작연습을 했다"고 한 말은 아직도 기억에 생생하다. 한 마디 한 마디가 마치 시어를 풀어 놓듯 따스하고 살갑게 느껴졌던 정말 신선한 충격이었다.

그 추억을 20여 년이 지난 지금 새삼스럽게 김난도 교수가 새롭게 환기시켜 준 것이다. 그것도 스마트 시대에 맞는 읽히는 글쓰기에 대해 고민을 하는 시점에서!

요즘 글쓰기 강의 현장에서 시를 어렵게 생각하는 수강생을 많이 만난다. 문학에 관심을 가진 사람도 이럴 정도니 문학에 관심 없는 사람은 어떨지 짐작이 간다. 어쩌면 여러분 중에도 '나는 시와 관계없어.' 라는 생각으로 살아온 분들이 있을지 모른다. 그렇다면 김소월, 한용운, 윤동주, 이육사 등의 시집을 한 번 더 펼쳐 볼 것을 권한다. 현대적인 감각을 익히기 위해서라면 신경림도 좋고, 김용택, 정호승도 좋다.

평소에 시를 가까이 하자. 틈틈이 시를 읽고 외워보자. 나도 모르게 내 입말에 맞는 간결한 표현에 익숙해짐을 느낄 수 있을 것이다.

즐기는 글쓰기로 인생을 설계하자

① '바람의 딸'의 브랜드 가치는 얼마일까?

1996년 6월 17일. 〈바람의 딸 걸어서 지구 세 바퀴 반〉(한비야 저, 금 토)라는 책을 발간하면서 저자인 한비야는 '바람의 딸'이라는 자신만의 브랜드를 만들어 냈다. 그 이전에도 수많은 사람이 해외를 여행했지만, 그들은 그것을 글로 남기지 않았다. 이것이 바로 글쓰기의 가장 큰 힘이 다. 한비야가 오지여행을 자신만의 추억으로 간직하고 말았다면, 그도 수많은 해외 여행가 중에 한 사람에 불과했을 것이다.

② '시골의사', 이 말만 들으면 누가 떠오르는가?

지금도 시골에는 수많은 의사가 활동하면서 가치 있는 일을 하고 있 다. 그런데 우리는 어떻게 해서 '시골의사'라고 하면 거의 즉자적으로 박경철을 떠올리는가? 박경철은 경북안동에서 병원을 운영하며 '시골 의사'라는 닉네임으로 주식사이트에서 활동했다. 의사생활을 하면서 틈틈이 쓴 글들을 묶어 2005년에 〈시골의사의 아름다운 동행〉(박경철 저. 리더스북)이라는 책을 발간하면서 '시골의사'라는 자신만의 브랜드 를 만들었다. 어쩌면 시골병원을 운영하는 시골의사로 끝났을지 모르는 삶을, 틈틈이 글쓰기를 해서 우리 사회에 큰 영향력을 행사하는 자리로 끌어 올렸다.

'바람의 딸' 한비야, '시골 의사' 박경철은 글쓰기로 성공한 대표적 인 사람이다. 요즘 이들처럼 성공하기 위해 글쓰기에 매달리는 사람들 이 많이 늘었다. 매우 바람직한 일이다. 하지만 결코 간과해서는 안 될 일이 있다. 글쓰기에 매달린다고 해서 누구나 베스트셀러 작가가 될 수 있는 것은 아니다. 베스트셀러 작가가 되려면 그만큼 뼈를 깎는 노력을 해야 한다.

첫째는 이미 자기분야에서 성공해서 그 이야기를 책으로 발간하는 것이다. 부익부 현상이라고 할까? 사회적으로 성공한 사람은 책으로 성공할 확률이 더욱 높다.

둘째는 꾸준히 글을 쓰고 그것을 책으로 엮어 독자들의 사랑을 받아 성공하는 것이다. 이 경우는 성공할 확률이 매우 낮다. 수많은 운동선수들이 성공을 꿈꾸지만 그 중에 소수만이 꿈을 이루는 것과 같다.

첫째의 경우는 설사 글쓰기가 서툴지라도 자신의 스토리만 풀어낼 수 있으면 출판사 편집부의 힘을 빌려 성공할 확률이 높다. 하지만 둘째의 경우는 아무리 잘 썼다 하더라도 상품가치를 증명하지 못하면 출판사의 외면을 받게 되고, 설사 책을 발간했다 하더라도 독자의 선택을 받지 못해 좌절감에 빠질 수 있다. 자칫 삶 자체가 불행의 늪으로 떨어질 수 있는 것이다.

"상위 1%의 연예인이 아니면 그 외에는 다 절벽의 길을 걸어야만 한다."

오랜 무명생활을 겪은 모 연예인의 말이다. 비단 연예계만의 일이 아니다. 출판계도 책을 내기만 하면 수억 원의 인세를 받는 1%의 스타가 있다면, 수십 년에 걸쳐 책을 써 놓고도 팔리지 않아 절벽의 길로 내몰리는 이들이 많다. 베스트셀러 작가에 목을 매다가는 그만큼 인생이 불행해 질 수 있다는 것을 뜻한다.

따라서 행복한 삶을 추구한다면 베스트셀러 작가에 목을 매기보다 먼저 글쓰기 자체를 즐길 줄 알아야 한다. 한비야가 책을 쓰기 위해 오지를 여행한 것이 아니듯이, 박경철이 베스트셀러를 만들기 위해 시골

의사 생활을 한 것이 아니듯이 지금 자신이 하는 일 속에서 글쓰기 자체를 즐기는 습관을 들여야 한다. 즐기는 글쓰기가 곧 행복한 삶의 원천이 되어야 한다.

글쓰기로 소통의 즐거움을 맛보자

　　남녀 직장인 601명을 대상으로 실시한 '직장인 회사 우울증 현황' 조사 결과 국내외 기업에 재직 중인 직장인 10명 중에 7명 이상이 회사 밖에서는 활기찬 상태이지만, 출근만 하면 무기력해지고 우울해지는 '회사 우울증'에 시달리고 있는 것으로 나타났다.
　　'회사 우울증'에 대한 원인으로(복수응답) ①내 자신의 미래에 대한 불확실한 비전(49.2%), ②회사에 대한 불확실한 비전(37.0%), ③과도한 업무량(28.3%), ④조직에서의 모호한 내 위치(26.3%), ⑤업적성과에 따라 이뤄지지 않는 급여수준(22.0%), ⑥상사와의 관계(17.6%), ⑦다른 회사에 비해 뒤떨어진 복리후생(15.1%), ⑧업무에 대한 책임감(14.5%), ⑨동료 및 부하직원과의 대인관계(10.2%), ⑩무능력해 보이는 내 자신 때문(9.1%) 등이 꼽혔다.
　　- 취업포털 잡코리아. 2013년 1월 22일

　　여러분은 10명 중에 어디에 속하는가? 하루 24시간 중에 가장 많은 생활을 하는 직장이 힘들다는 것은 그만큼 인생을 힘들게 산다는 것이다. 행복한 삶을 살고 싶다면 직장생활을 즐겁게 할 수 있어야 한다. 이 말은 곧 행복하려면 먼저 '회사 우울증'을 극복해야 한다는 말이다.
　　조사로 나타난 '회사 우울증'의 원인은 크게 세 가지로 나눌 수 있다. 첫째는 자신의 미래에 대한 불안(①⑧⑩), 둘째는 직장에 대한 불만(②③⑤⑦), 셋째는 조직의 인간관계에서 오는 불안(④⑥⑨) 등이 그것이다. 따라서 '회사 우울증'을 극복하려면 세 가지 문제의 해결책을 찾아 그대로 실행에 옮기면 된다.

가장 좋은 방법은 혼자 고민하지 말고 이야기하는 것이다. 배우자, 친구, 동료, 전문가 등 누구라도 속마음을 드러내 놓고 이야기할 상대를 만들어 가는 것이 중요하다. 병적 우울증이 의심된다면 전문상담가를 찾아가 치료를 받는 것도 좋은 방법이다.

하지만 생각처럼 쉽지가 않다. 올바로 대화하고 고민을 풀어가는 방법을 제대로 배워 본 적이 없기 때문이다. 배우자에게 이야기했다가 괜히 참아야 한다는 훈계만 듣게 돼서 안 하니만 못한 경우도 생긴다. 친구와 동료에게 이야기하자니 괜히 술자리를 찾게 되고, 속마음을 털어 놓는 자리가 뒷담화 늘어놓는 자리로 변질되고, 자칫 직장에 대해 불평 불만만 늘어놓는 자로 낙인이 찍힐 수도 있다. 전문상담가를 찾자니 괜히 병적 기록부에 남을까 봐 거부감부터 일어난다.

이때 글쓰기를 활용하는 것이 좋다. 말은 금방 사라지지만 글은 오래 남기 때문에 신뢰감을 준다. 또한 말은 한번 내뱉으면 바로 전달되는 것이라 그 순간의 감정이 반영되어서 실수를 할 수 있지만, 글은 몇 번이라도 썼다 지웠다 할 수 있기에 상대에게는 최종적으로 감정이 정제된 마음을 전할 수 있어 실수할 확률도 매우 낮다.

직장생활을 편하게 하고 싶다면 평소에 스마트폰이나 인터넷을 활용한 글쓰기를 시도해 보자. 지금 당장 글의 위력을 확인하고 싶다면 한번 확인해 보자.

한국강사협회 명강사로 활동하고 있는 김효석 교수는 〈팔로우〉(미다스북스)에서 스마트폰을 활용한 소통의 기술을 소개하고 있다. 여러분도 따라해 보자. 지금 당장 스마트폰을 꺼내 아래의 글을 그대로 옮겨서 가장 소통을 하고 싶은 사람에게 문자로 보내고 기다려 보자.

> 오늘 책을 읽다가 세상에서 가장 존경하는 분에게 마음을 담은 글을 써보라는 말을 보았습니다. 생각해 보니 저는 OOO님을 가장 존경합니다. 제 마음을 받아 주시기 바랍니다.
>
> - OOO 올림

어떤 반응이 오는가?

무엇을 느꼈는가?

SNS시대는 스마트폰을 활용해 쉽게 소통할 수 있다는 장점이 있다. 페이스북이나 카카오톡을 통해 친구를 맺어 수시로 안부를 주고 받으면 그만큼 친밀도가 높아진다. 특히 페이스북은 생일날을 미리 알려줘서 잘만 활용하면 좀 더 쉽게 직장 상사나 동료의 마음을 얻을 수 있다. 가끔 상사와 동료의 미담을 SNS에 올려 보자. 그 효과는 상상 이상이다.

그런데 SNS에 사생활을 노출하면서 오히려 역효과를 보는 사람들이 늘고 있다. 이것은 글쓰기의 힘을 올바로 인식하지 못한 사람들이 빚어내는 촌극이다. 좋은 것은 그만큼 나쁜 것이 따라 붙기 마련이다.

SNS를 통해 행복하고 싶다면 가급적 좋은 글을 올려야 한다. 정 가슴이 답답해서 못 견딜 정도라면 "임금님 귀는 당나귀 귀!"를 외친 사람처럼 자기만의 대나무밭을 별도로 가꿀 필요가 있다. 그 공간이 SNS여서는 안 된다. SNS에 글 한번 잘못 올렸다가 망신 당하는 이들이 이를 증명한다.

글쓰기는 인간이 만든 가장 좋은 소통의 도구다.

소통의 도구로 글쓰기를 최대한 좋게 활용하자.

어색해도 억지로라도 써보자. 상사나 동료에게, 배우자나 아이에게 마음을 얻기 위한 글을 써보자. 처음에는 힘들어도 몇 번 하다 보면 그것을 통해 얻는 것이 많아지면서 어느 순간 스스로 그것을 즐기는 행복을 맛보게 될 것이다.

가장 사랑하는 _____ 에게

LOVE
Letter

제3강

읽고, 쓰고, 생각하자

읽고 쓰자, 언제까지 남의 뒤를 따를 것인가?

영업사원들은 날씨가 고약한 날에는 으레 내근을 하거나 다른 일을 처리한다. 이것은 경쟁사의 영업사원들도 마찬가지였다. 여기서 아이디어를 떠올린 나는 조금 색다른 방법을 시도했다. 하늘을 찢어 놓을 듯 천둥번개가 요란을 떨고 빗방울 하나가 주먹만할 때 더욱 기쁜 마음으로 거래처를 찾아갔던 것이다. 비가 억수같이 쏟아지면 우산을 들고 주차장에서 담당자 사무실까지 가는 짧은 거리에도 신발과 바지 아래가 흠뻑 젖곤 했다. 젖은 옷을 접어올린 다음 간단하게 호떡이나 아이스크림을 들고 사무실에 들어서면 담당자는 깜짝 놀라 뛰어나왔다.

"아니, 이렇게 비가 쏟아지는데 어떻게 오셨어요?"

언뜻 꾸지람이 담긴 듯한 그 말에는 알 수 없는 감동도 묻어났다. 이런 날은 다른 경쟁사의 영업사원도 없어서 오히려 편안하게 속내를 드러내며 이런 저런 잡담까지 쏟아 놓을 수 있어서 대부분 주문에 성공하게 된다.

- 세상을 이기는 힘 「들이대 DID」(송수용, 멘토르) 중에서

그동안 이 책의 이야기를 들려주면 "나도 이렇게 했는데…."라는 사람을 많이 만났다. 고수의 영업자에게는 공공연한 노하우라 새삼스럽지 않은 이야기일 수도 있다.

"이런 이야기는 나도 얼마든지 쓸 수 있는데…."

남의 글을 보고 이런 생각은 누구나 할 수 있다. 하지만 이것은 '콜럼버스의 달걀'과 같은 이야기다. 계란을 깨뜨려 세우는 것은 누구나 할 수 있는 일이지만, 계란을 깨뜨려 세우겠다는 첫 생각은 아무나 할 수 있는 일이 아니다. 세상은 맨 처음에 계란을 깨뜨린 사람을 기억하지, 이후에 똑같이 계란을 깨뜨려 세우는 사람은 기억하지 않는다.

글쓰기도 마찬가지다. 아무리 좋은 글감이라도 다른 사람이 먼저 쓴 글을 따라 간다면 그것은 그 사람의 글이라 할 수 없다. 따라서 우리는 영업 노하우를 '들이대 DID'라는 브랜드로 만들어 세상에 선보인 송수용 저자에게 배울 것이 많다. 그는 글을 써서 책을 발간하는 것으로 그치지 않고, '들이대 DID'라는 자신만의 브랜드를 만들어 수강생들로부터 많은 성공담을 이끌어 냈다.

그가 후속작으로 낸 '마지막 1% 정성'이라는 책에는 '들이대DID'를 읽고 그대로 실천함으로써 채용 공고도 내지 않은 회사에 원서를 넣어 취업에 성공한 대학생의 이야기가 나온다.

학생은 먼저 자신이 경험한 것과 활동한 것을 주제별로 관련 사진도

넣고 일목요연하게 도표와 구체적인 사례를 제시한 A4용지 열 쪽 분량의 자기소개서를 작성했다. 그리고 자신이 읽은 책 100권의 독후감을 체계적으로 작성해서 무턱대고 찾아갔다. 약속을 하고 간 자리가 아니라 담당자가 자리를 비워서 준비해간 자료를 책상에 올려놓고 돌아왔다. 이런 식으로 적극적인 취업전략을 펼쳐서 마침내 원하는 회사에 취업을 했다는 이야기다.

이 책을 접한 며칠 뒤에 오래 전부터 책을 내기 위해 글을 쓰고 있는 사람을 만났다. 글을 보여주는데 대부분 어디서 본 듯한 글을 짜깁기한 것이 대부분이었다. 필자는 이대로라면 책을 내도 성공할 가능성이 없으니 남의 이야기보다 자신이 겪은 구체적인 성공담을 중심으로 다시 글을 썼으면 좋겠다고 피드백을 했다. 당장 어떻게 써야 할지 모르겠으면 먼저 성공담 몇 가지만이라도 들려달라고 했다. 말로 먼저 풀고 나중에 그것을 글로 쓰도록 유도하려는 의도였다. 그는 그 자리에서 풍부하고 재미있는 자신만의 성공담을 술술 풀어 냈다. 정말 당장 글을 써서 책으로 엮어 낸다 해도 부족함이 없었다.

그 중에는 다음과 같은 이야기도 있었다.

"제가 첫 직장에 취업할 때였습니다. 그때 다른 사람들은 자기소개서와 이력서만 제출했지만, 저는 제가 그 직장에 취직하기 위해 대학교 4학년 동안 노력했던 자료들과 회사에 취직을 하면 제가 하고 싶은 일들을 별도의 자료로 엮어 직접 사장님을 만나서 그것을 드리고 왔습니다. 한 달 후에 그 회사에 출근할 때는 이미 유명 인사가 되어 있었습니다. 사장님이 '이런 후배가 들어오니까 긴장하라'며 제가 제출한 자료를 전 직원에게 돌려보게 했던 것입니다."

그 이야기를 듣고 필자는 책에서 비슷한 이야기를 읽었다며 앞의 이야기를 들려 주었다. 그는 아직 그런 책의 존재를 알지 못했다. 그렇다고 독서량이 부족한 사람은 아니었다. 단지 아직 인연이 안 되었을 뿐이다. 그는 필자의 이야기를 듣고 매우 아쉬워했다. 이제 자신의 이야기를 쓴다 하더라도 남의 이야기를 따라 쓴 꼴이 되지 않겠냐는 것이었다.

물론 아쉬운 것은 사실이다. 하지만 너무 상심할 필요는 없다. 지금이라도 늦지 않다. 앞선 책에는 저자가 남의 이야기를 담았지만, 이제 본인은 자신의 이야기를 쓰는 것이니까 얼마든지 경쟁력을 갖출 수 있다. 하지만 더 늦어진다면 문제가 생긴다. 또 다른 사람이 먼저 비슷한 이야기로 책을 낼 수 있기 때문이다. 남의 뒤를 따르지 않으려면 많이 읽고 당장 글로 써나가야 한다.

독서와 글쓰기로 끊임없이 두뇌를 개발하자

우리나라 성인의 연간 독서율은 갈수록 떨어지고 있다. 2013년 11월 14일 문화체육관광부(이하 문체부) 조사에 따르면 지난해 대한민국 성인 10명 중 3명은 1년 동안 단 한 권의 책을 읽지 않는 것으로 나타났다. 문체부가 지난 5년간 독서 성과를 조사한 결과 성인 연간 독서율은 1994년 86.8%에서 2011년 68.8%(전자책 포함 시 70.6%)로 무려 10년 사이에 17.9%포인트 낮아졌다. 평균 독서시간은 평균 26분, 주말 30분에 불과하며, 하루 평균 인터넷 사용 2.3시간, 스마트폰 사용 1.6시간으로 측정된 것에 비하면 한참 낮은 수준이다.

독서의 중요성은 누구나 다 안다. 요즘 들어 정부의 적극적인 독서장려 정책에 힘입어 인문학 강좌가 살아나고, 학교나 기업체에서 각종 인센티브를 제시하며 적극적으로 독서를 장려하는 것은 매우 고무적인 일이다.

하지만 당분간 독서율은 쉽게 오르지 않을 전망이다. 컴퓨터와 스마트폰의 진화로 독서의 가장 큰 기능인 지식습득을 대체할 수 있는 길이 널려 있기 때문이다. 예전 같으면 도서관을 찾아야 습득할 수 있는 정보를 지금은 컴퓨터와 스마트폰을 활용해서 얼마든지 쉽게 습득할 수 있지 않은가?

"스마트폰이 있는데 왜 굳이 책을 읽어야 하죠?"

강의를 하다 보면 이런 질문을 많이 받는다. 그때마다 필자는 똑같은 반문을 던지곤 한다.

"정말 우리는 왜 책을 읽어야 할까?"

스마트폰이나 인터넷이 있는데 왜 시대에 뒤떨어지게 독서에 매달리고 있는가?

한번 진지하게 생각해 볼 문제다.

인간에게 가장 중요한 것은 두뇌다. 인간이 만물의 영장이 될 수 있었던 것은 끊임없는 학습을 통해 두뇌의 진화가 이뤄졌기 때문이다. 두뇌의 진화를 위해서는 끊임없이 생각하고, 창의적인 상상력을 발휘해야 한다. 인류의 역사에서 수학과 철학이 중요한 학문으로 자리 잡은 것은 수학의 문제풀이와 철학적 사고가 인간의 두뇌 진화에 큰 역할을 했기 때문이다.

현대에 들어서면서 두뇌 질환이 큰 사회문제로 대두되고 있다. 노인성 두뇌질환인 치매로 환자뿐만 아니라 가족이 겪는 고통은 심각한 수준이다. 치매 환자가 50만 명을 넘었다. 65세 이상 노인 10명 중 1명은 치매를 앓고 있으며, 현 추세대로라면 2025년 100만 명, 2050년에는 230만 명에 이를 것으로 추정된다.

그동안 고스톱이나 바둑, 운동 등이 머리를 많이 쓰게 해서 치매예방에 좋다고 알려졌다. 그런데 독서가 치매예방에 특효약이라는 것이 각종 연구로 밝혀지고 있다. 치매환자에게 책을 읽어 주는 것만으로도 환자의 두뇌에 자극을 주어서 상당한 치료 효과를 보고 있다. 독서가 지식 습득과 두뇌개발의 일석이조 효과를 불러 일으켜주는 특효약이라는 것이 증명되고 있는 것이다.

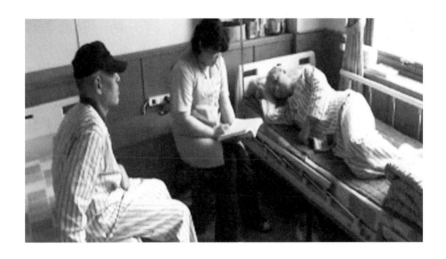

이에 비해 스마트폰이나 컴퓨터는 인간의 두뇌에 치명적인 해를 끼치는 것으로 드러나고 있다. 'TV로보토미' 라는 신조어까지 생겼다. 로보토미는 '대뇌 전두엽 백질의 일부를 잘라 내어 시상과의 연락을 끊는 수술'을 뜻하는 말로 TV가 인간의 두뇌의 해를 끼친다는 것을 나타낸다. 연구에 의하면 40대 이상의 사람이 텔레비전을 하루에 1시간 더 볼 때마다 알츠하이머에 걸릴 확률이 30%이상이나 높아진다고 한다. 그만큼 치매에 걸릴 확률이 높아진다는 것이다.

진화론의 용불용설(用不用說)은 동물의 모든 기관은 쓰면 쓸수록 발달하고, 쓰지 않으면 퇴보한다는 이론이다. 기린의 목이 길어진 이유는 높이 있는 나무의 먹이를 먹으려는 생존욕구가 목을 발달시켰기 때문이고, 닭이 자유롭게 날지 못하는 이유는 닭장 속에서 오랜 세월 날갯짓에 제한을 받아 날개의 기능이 퇴보해 버린 까닭이다.

인간의 두뇌도 용불용설이다. 독서와 글쓰기를 하는 동안 우리의 두뇌는 끊임없이 생각하며 진화를 한다. 독서와 글쓰기는 그만큼 두뇌를 발전시키는데 특효약과 같은 역할을 하는 것이다.

생각해 보자. 한 편의 글을 쓰기 위해 우리는 얼마나 많은 책을 읽고, 고민하고, 사색하고 있는가? 그 모든 일들이 두뇌의 진화에 결정적인 영향을 끼치는 활동들이다.

우리나라의 독서율이 낮다고? 글쓰기가 힘들다고 포기하는 사람들이 많다고? 이 얼마나 좋은 기회인가? 남들보다 훨씬 높이 날아오를 수 있는 절호의 기회다.

이제 알겠는가? 왜 책을 읽어야 하고 글쓰기를 해야 하는지. 지식습득은 물론이고 치매예방을 위해서라도 우리는 읽고 써야만 한다.

백 자내로 요약하는 습관을 들이자

문학적 글쓰기와 실용적 글쓰기는 다른 점이 많다.

소설, 시, 수필 등의 문학적 글쓰기는 예술의 영역이다. 누구나가 노력한다고 명작을 남길 수 없다. 상상력과 창의력, 감각적인 표현력은 타고난 재능이 많이 작용하기 때문이다.

하지만 칼럼, 보고서, 기획안, 프레젠테이션 등과 같은 실용적인 글쓰기는 좀 상황이 달라진다. 이런 글들은 기본적인 매뉴얼이 있기 때문에 웬만큼 노력하면 따라 잡을 수 있다. 실용적인 글쓰기에 뒤처지지 않으려면 간단한 글쓰기부터 시도하는 것이 중요하다. 일단 써봐야 하고, 그것을 통해 성취감을 맛볼 수 있어야 한다.

한 권의 책에는 수십, 수백, 수천 가지가 넘는 글쓰기의 씨앗이 담겨 있다. 글쓰기를 잘 하려면 그만큼 독서가 뒷받침되어야 한다. 그런데 근래에 들어 책은 많이 읽었는데 글쓰기가 너무 힘들어 고민이라는 사람을 많이 만난다. 독서량만큼 풍부한 글쓰기의 씨앗을 갖고 있는데, 그것을 어떻게 글쓰기로 이어갈지 모르는 것이다.

"책은 많이 읽었지만 글쓰기는 어려워요. 어떻게 하죠?"

어떤 강좌에서는 3년 동안 천 권의 책을 읽었는데 글쓰기는 힘이 들어 엄두도 내지 못한다는 말을 들었다. 그런 분들에게 필자가 하는 말이 있다.

"한 번 읽었으면 어떻게든 백 자라도 써 놓고 보자."

백 자로 쓰는 연습은 가급적 실용적인 글을 텍스트로 삼는 것이 좋다. 문학적인 글은 비유와 상징의 개념을 익혀야 하고, 줄거리를 사실적으로 이해할 수 있어야 하며, 그것을 통해 작가의 의도와 작품에 담겨 있는 메시지를 추출해 낼 수 있어야 한다. 그만큼 어려움이 따라 많은 노력을 필요로 한다.

하지만 실용적인 글은 주요 키워드를 찾아서 요약 정리하기가 쉽다. 한 권의 책에는 수많은 내용들이 차트별로 담겨져 있어, 한 꼭지를 읽더라도 바로 백 자로 요약할 수 있다. 따라서 짧은 글을 읽더라도 그것을 백 자로 요약하는 연습을 하다 보면, 점차 자신의 글을 쓰고 싶다는 욕구가 솟아오르는 경험을 하게 된다.

지금 당장 든든히 기초를 다지는 자세로 아무 글이라도 읽을 때마다 백 자로 써보는 습관을 들여 보자.

내 것을 만들 때까지 읽고 또 읽고 써보자

후한 말기에 동우라는 사람이 있었다. 그는 가난하지만 몸소 일을 하고 항상 책을 가까이 하면서 학문에 몰두했다. 그 소문이 알려져 황제의 신망을 얻는 높은 벼슬에 올랐다. 그러자 제자가 되려는 사람들이 몰려들었지만, 그는 아무나 제자로 받아들이지 않았다.

"마땅히 먼저 백 번을 읽어야 한다. 백 번을 읽으면 뜻을 저절로 알게 된다."

그는 어렵게 받아 들인 제자들에게도 많은 것을 가르치려 들지 않았다. 간혹 너무 바빠서 그럴 여유가 없다는 제자가 있으면 "삼여(三餘)를 갖고 하라"고 충고했다. 삼여란 세 가지 여유 있는 때로 '겨울, 밤, 그리고 비 오는 때'를 가리킨다. 곧 특별히 일이 없는 때를 여분으로 삼아 책을 읽으라는 것이다.

독서백편의자현(讀書百遍義自見)! 어떤 책이든지 백 번을 읽으면 그 뜻이 저절로 드러난다. 뜻이라 함은 낱말의 의미가 아니다. 글을 쓴 사람의 의도와 읽는 이가 받아들이는 것이 맞아 떨어지는 바로 그 지점이다.

책의 내용을 뜻풀이로 아는 것을 지식이라 한다면, 자신도 모르게 '아!' 하고 알아차리는 것은 지혜이다. 지식은 독서를 통해 어렵지 않게 습득할 수 있지만, 지혜는 쉽게 얻을 수 없다.

불교에서는 지식이 지혜의 장애가 될 수 있음을 경계하고 있다. 책을 통해서 섣불리 얻은 지식이 오히려 책 속에 담겨 있는 지혜를 깨닫는데 장애로 작용할 수 있음을 경계한 것이다. 그것을 일깨우는 사례 중에 다음과 같은 이야기가 있다.

　　마조선사가 수행자 시절에 참선을 하면 깨달음을 얻을 수 있다는 것을 배우고 자리에 앉아 열심히 수행에 임하고 있었다. 그 모습을 본 스승이 곁으로 다가와서 물어 보았다.

　"지금 무엇을 하고 있는가?"

　"부처가 되기 위해 참선을 하고 있습니다.

　스승은 아무 말 없이 밖으로 나가 기왓장을 갈고 있었다. 잠시 쉬러 나왔던 마조선사가 스승에게 물었다.

　"스님은 왜 기왓장을 갈고 계십니까?"

　"거울을 만들려고 한다."

　"기와를 간다고 거울이 될 수 있겠습니까?"

　스승이 말했다.

　"그렇다면 참선만 한다고 부처가 되겠느냐?"

　그 순간 마조선사는 '아!'하고 뭔가 느낀 게 있어서 스승에게 물었다.

　"그럼, 어떻게 해야 깨달을 수 있습니까?"

　"수레를 움직이려면 소를 때려야 하느냐, 수레를 때려야 하느냐?"

　마조선사는 그 자리에서 큰 깨달음을 얻었다.

　　물론 불교에 대한 이해와 신념이 부족하면 이해하기 힘든 이야기다. 바로 뜻을 모르겠다면 읽고 또 읽어 보자. 그것이 부족하다면 그대로 베껴 써보자. 어느 시점에서 '아!' 하고 느껴지는 바로 그것이 내 것이다.

　필자는 이 이야기에 대한 참 많은 해석을 접했다.

① 어떤 사람은 참선이 아무리 깨달음을 얻는 좋은 방법이라 하더라도 모양만 흉내 내면 안 되니까 먼저 깨달음을 얻으려는 마음부터 보라는 이야기라고 해석했다.

② 어떤 이는 깨달음을 얻는 방법에는 참선만 있는 것이 아니니까 자신에게 맞는 방법을 찾으라는 뜻으로 해석했다.

③ 이 이야기는 열심히 참선을 해 본 사람만이 깨달을 수 있는 것이니 자기 잣대로 쉽게 해석해서는 안 된다고 설명하는 사람도 있었다.

④ 깨달음을 얻으려면 무엇보다 먼저 자신을 가장 잘 아는 스승을 찾아야 한다는 뜻으로 해석하는 이도 있었다.

⑤ 어떤 사람은 앉아 있는 것은 형식이고, 앉아 있는 마음은 내용이니까 형식에만 얽매이지 말고 내용을 먼저 챙기라는 뜻으로 해석했다.

어떤 것이 맞고 어느 것이 틀리다고 할 수 없다. 각자 처한 환경, 각자의 관점에 따라 얼마든지 새롭게 해석할 수 있다. 하지만 중요한 것은 이렇게 아는 것은 다 남의 생각일 뿐이다. 어느 순간 제자처럼 '아!' 하고 느끼는 것이 왔을 때 그것이 바로 나 자신이 터득한 지혜이다.

세상의 모든 책은 읽고 또 읽다 보면 자신에게 가장 절실한 부분과 만나게 해준다. 특히 가치를 인정받은 인문고전일수록 더욱 그렇다. 인문고전은 한번만 읽고 넘어 가면 그저 피상적인 지식만 습득할 뿐이다. '나 이런 책을 읽었다'는 자부심을 내세울 수 있을지 모르지만, '그래서 무엇을 얻었냐?'고 물으면 아무 말도 못하는 경우가 많다.

그런데 책을 읽고 또 읽고, 거기에다 쓰기까지 해 본다면 어느 순간 자신도 모르게 '아!' 하는 그 무엇과 만날 수 있다. 이것은 실천해 본 사람만이 맛 볼 수 있는 경험이다. 바로 그렇게 얻은 지혜가 내 것이고,

또한 그 누구도 쓸 수 없는 나만의 글을 쓰는 소중한 글감이 된다.

좋은 글을 쓰고 싶다면 나만의 글감을 만들기 위해서라도 한번쯤 자신의 분야에서 꼭 필요한 책을 골라 읽고 또 읽어 가며 그대로 베껴 써 가며 내 것으로 만들어 나가자. 그 성취감은 맛본 사람만이 알 수 있다.

통합적으로 생각하고 절실하게 쓰자

한 장의 종이가, 종이가 아닌 여러 요소들이 결합된 결과이듯이 개인 또한 비개인적인 요소로 만들어졌습니다. 만일 당신이 시인이라면 이 종이 안에 구름이 떠 있는 것을 볼 것입니다. 구름 없이는 물이 없고 물 없이는 나무가 자랄 수 없고 나무 없이는 종이를 만들 수가 없습니다. 그러므로 여기에 구름이 있습니다. 이 페이지의 존재가 구름의 존재에 의존됩니다. 종이와 구름은 아주 밀접합니다. 햇빛같이 또 다른 것에 관해서도 생각해 봅시다. 햇빛이 매우 중요하니 그것이 없이는 숲이 성장할 수 없고, 인간 또한 햇빛이 없이는 성장할 수가 없습니다. 나무꾼들도 나무를 자르기 위해서 햇빛이 필요하고, 나무도 나무가 되기 위해서 햇빛이 필요합니다. 그러므로 이 종이 안에서 당신은 햇빛을 볼 수 있습니다. 당신이 보살의 눈으로써, 깨달은 자의 눈으로써 더 깊숙이 들여다 보면 그 안에서 구름이나 햇빛뿐 아니라 모든 것이 그 안에 있음을 봅니다. 나무꾼이 먹을 빵을 만드는 밀, 나무꾼의 아버지, 모든 것들이 이 한 장의 종이 안에 있습니다.

- 틱 낫한의 『평화로움』에서

필자는 글을 쓸 때마다 항상 이 글을 떠올린다. 구름 속에 종이가 있고 종이 속에 햇살이 있듯이, 세상은 그 무엇 하나도 따로 떼어놓고만 생각할 수 없다는 것을 염두에 두고, 좋은 글을 쓰려면 이처럼 통합적인 사고가 필요하다는 것을 스스로 점검하기 위함이다. 개인과 사회를 떼어 놓고 생각할 수 없듯이 정치와 경제, 역사와 교육 등 어느 것 하나 따로 떼어놓고 생각할 수 없다. 그래서 글을 쓰기 전에는 반드시 유기적으로 맺어져 있는 것들에 대해 깊이 관찰하는 사고력이 필요하다.

필자는 학원에서 글쓰기를 어려워하는 학생들을 참 많이 만났다. 숙제를 하다 가슴이 답답해서 포기했다는 아이들을 수없이 만나면서, 어떻게 하면 글쓰기를 쉽게 가르칠 것인가 고민하기 시작했다.

어느 순간 자기소개서와 논술을 어려워하는 것은 글쓰기 실력이 없어서라기보다 정작 무엇을 써야 할지 자기 자신에 대해 너무 모르기 때문이라는 것을 알았다. 그래서 글쓰기 기술보다 먼저 무엇을 쓸 것인가에 대해 많은 대화를 시도했다.

"먼저 무엇을 쓸지에 대해서 생각해 보자."

수업 시간마다 끊임없이 사고의 폭을 넓혀갔더니, 처음에는 답답해하던 수강생들이 어떻게든 글을 써오기 시작했다.

"어떻게 분량을 채웠어?"
"글쎄요, 막상 닥치고 보니까 어떻게든 써지던데요."

세상을 바라보는 사고의 폭이 커지면서 자신이 써야 할 글이 무엇인지 스스로 파악하는 능력이 생겼다. 무엇을 써야할지 확실하게 인식하면 글은 어떻게든 쓰기 마련이다.

어른들도 마찬가지다. 글쓰기 과제를 제시하면 갖은 핑계를 대며 중도에 포기하는 경우가 생겼다. 기존의 글쓰기 방법을 고수하며 과제를 제시하는 것은 글쓰기 재주가 없으면 포기하라는 말과 다름이 없었다. 이들에게 당장 필요한 것은 글쓰기 방법이 아니라 무엇을 써야 할지 충분히 생각할 수 있는 시간이다.

"숙제는 못 하셔도 좋습니다. 대신 안 하지만 마시고, 끊임없이 부딪혀 보시기 바랍니다."

먼저 숙제의 부담을 덜어주고, 통합적으로 세상을 바라보는 방법을 강의했다. 글로 쓰고자 하는 것을 먼저 말로 표현하는 연습을 해 나갔다. 그랬더니 어느 순간 과제물 제출이 훨씬 늘어나기 시작했다. 본격적으로 글쓰기에 재미를 붙이는 분들이 늘어나기 시작한 것이다.

제4강

언어외적인 요소를 중요하게 여기자

상황의 중요성을 인식하자

교황청 추기경위원회로부터 심문을 받고 있는 갈릴레이(1857년 작품)

1543년에 코페르니쿠스가 지동설을 주장하는 논문을 발표하면서 인류의 역사는 새로운 전기를 맞는다. 57년 후 조르다노 부르노는 지동설을 주장하다 이단자로 몰려 7년의 투옥 중에도 자신의 주장을 굽히지 않다 1600년에 화형에 처해진다.

이후 32년에 갈릴레오(1564년~1642년)는 〈프톨레마이오스-코레르니크수 두 개의 주요 우주 체계에 대한 대화〉란 책을 통해 지동설을 출간하고, 교황청으로부터 소환을 당해 재판을 받기 시작한다. 그는 화형을 면하기 위해 지동설을 주장한 것이 잘못되었음을 고백하며 사죄를 구한다. 그의 책은 금서가 되었고, 책을 갖고 있는 사람은 거주지 종교 재판관에게 제출해야 한다는 명령이 내려졌다. 책이 없어지기 전에 구입하려는 사람들이 몰려 책값이 10배 이상 뛰어오르는 현상을 빚기도 했다.

일설에는 갈릴레오가 살기 위해 자신이 쓴 책의 내용을 전면 부정했지만 신념을 굽힐 수 없어 법정을 나오면서 "그래도 지구는 돈다"고 혼잣말을 했다고 한다. 하지만 갈릴레오가 비록 혼잣말이라도 이런 말을 했다면 정황상 살아 남을 수 없었다. 그래서 전문가들은 "그래도 지구는 돈다"는 말은 정확한 근거가 없다고 본다. 후세 사람들이 과학적 진실이 종교적 억압을 이긴다는 상징적인 의미로 갈릴레오를 과학적인 순교자로 형상화하려는 의지로 만들어낸 이야기라고 본다.

학자적 양심을 지키기 위해 끝내 화형을 선택한 조르다노 부르노와 우선 급한 대로 자신의 신념을 부정하며 목숨을 선택한 갈릴레오, 그리고 갈릴레오의 학자적 양심을 지켜주기 위해 "그래도 지구는 돈다"고 중얼거렸다는 일화를 만들어낸 사람들의 이야기는 우리에게 시사하는 바가 크다.

글은 상황에 따라 글쓴이의 의도가 다르게 해석될 수 있다. 갈릴레오는 지동설을 주장했지만, 당시 기득권층은 그것을 신에 대한 도전으로 받아 들였다. 갈릴레오가 의도적으로 신을 부정하고, 교황청의 권위를 떨어뜨리기 위해 지동설을 주장하는 글을 쓴 것으로 보이지 않는다. 그런데 상황은 그를 그렇게 몰아갔다. 글을 쓸 때 상황을 살피지 못하면 글쓴이의 의도가 얼마든지 왜곡되어 해석될 수 있다는 것을 보여주는 사례다.

글에는 어떤 형태로든 평가와 책임이 따른다. 많은 사람들이 글쓰기를 어려워하는 이유가 바로 평가와 책임에 대한 두려움 때문이다. 초보자들은 일차적으로 "잘 썼네, 못 썼네." 평가를 받아야 한다는 두려움이 크지만, 전문가들은 전문가로서의 자질을 평가받게 된다는 두려움이 커진다. 글쓰기를 하는 이상 피할 수 없는 일이다. 아무리 좋은 의도로 썼다 하더라도 사람들이 받아들이지 못하면 욕을 먹어야 하고, 그에 따른 책임도 스스로 져야 한다.

평가는 글 자체의 내용만으로 이뤄지지 않는다. 글을 쓴 사람과 읽는 사람의 관계, 글을 쓰고 발표한 시간과 공간, 그리고 현실상황이 매우 중요하게 작용한다.

따라서 글을 쓸 때는 먼저 상황의 중요성을 인식해야 한다. 상황파악을 잘못하면 자신의 의도와 전혀 다른 반응에 부딪힐 수 있다. 실용적인 글쓰기는 더욱 그렇다. 상황을 파악하지 못하면 자칫 부르노처럼 목숨을 잃을 수 있기에, 때로는 갈릴레오처럼 살아 남기 위해 비굴함을 보여야 할 때도 있다는 것을 분명하게 인식해야 한다.

TIP

좋은 글을 쓰기 위해 챙겨야 할 것들

1. 언어적인 요소

① 어휘 : 어휘의 다양한 쓰임

② 어법 : 띄어쓰기·맞춤법의 중요성

③ 문장 : 읽히는 문장 & 안 읽히는 문장

2. 언어외적인 요소

① 작가의 삶 : 언행일치의 중요성

② 독자들의 관점 : 명확한 독자선정의 중요성

③ 시대적인 상황 : 꿈과 희망을 주는 내용

먼저 상황을 객관적으로 표현하자

글쓰기와 말하기는 문자언어와 음성언어로 표현한다는 차이가 있지만, 언어를 통해 의사표현을 하고 소통을 한다는 면에서 공통점이 많다. 일반적으로 말을 못 하는 사람이 글도 못 쓰고, 글을 못 쓰는 사람이 말도 잘 못한다. 하지만 우리 주변에는 의외로 말은 못 하지만 글은 잘 쓰거나, 글은 못 쓰지만 말은 잘 하는 사람들이 많다. 그 차이는 무엇일까?

1971년에 미국의 심리학자인 앨버트 메라비언은 의사소통을 할 때 언어외적인 요소가 중요하다고 강조했다. 그의 연구 결과 의사소통에 영향을 미치는 것으로 '말은 7%'에 불과하고, 말투와 목소리(38%), 표정과 행동(55%) 등 '언어외적인 요소가 93%'를 차지한다는 것이다.

의사소통이 이뤄지는 상황을 담화라 한다. 담화는 크게 발화(말을 이루는 문장)와 상황으로 이뤄진다. 상황에는 말하는 이, 듣는 이, 시간과 공간이 있다. 이때 발화는 상황에 따라 얼마든지 다른 뜻으로 해석된다.

"밥 먹었니?"

이 발화 하나가 온전한 뜻을 갖추기 위해서는 '말하는 이, 듣는 이, 시간, 공간'이라는 상황이 먼저 이뤄져야 한다. 상황에 따라 이 발화는 친구 사이에 상투적인 인사일 수도 있고, 밥 사 달라는 뜻일 수도 있고, 밥 먹으러 가자는 뜻일 수도 있고, 왜 허락 없이 밥을 먹었냐고 화내는 소리일 수도 있다.

말을 잘 하는 사람은 언어외적 요소를 활용하는데 뛰어난 능력을 갖고 있다. 타고난 음성과 외모, 뛰어난 상황판단 능력으로 상대에게 호감을 줄줄 안다. 매 순간 상황에 맞춰 다양한 표정과 어투, 행동으로 정확하게 뜻을 전달한다.

하지만 말을 못하거나 말이 많은 사람은 같은 말을 하는데도 상황파악을 제대로 못하거나, 상황에 맞지 않은 표정과 어투, 행동으로 상대의 기분을 상하게 하는 경우가 많다. 이런 사람은 말을 잘 하려고 하기보다 먼저 상황을 파악하는 능력과 상황에 맞게 표현하는 언어외적인 요소에 대해 고민해 봐야 한다.

TIP

원활한 의사소통을 위한 조건

1) 언어 = 발화 : 자네, 밥 먹었나?
2) 언어외적 요소
   = 상황 : ① 말하는 이 : 상사
            ② 듣는 이 : 부하
            ③ 시간 : 점심 시간
            ④ 공간 : 사무실

말할 때는 굳이 상황에 대한 설명이 필요 없다. 말하는 이와 듣는 이가 그대로 느끼는 대로 통하는 것이다. 상황은 저절로 공유하고 있으며, 쌍방향 의사소통을 하기 때문에 언어외적인 요소는 저절로 활용할 수 있다. 직장상사가 "자네, 밥 먹었나?"라고 물으면 얼른 상황에 맞춰 그 말의 뜻이 무엇인지 새겨보면 된다. 같이 밥을 먹으러 가자는 이야긴지, 밥 핑계로 뭔가 중요하게 할 말이 있다는 것인지 잘 헤아리면 그 숨은 뜻을 알 수 있다.

하지만 글쓰기는 말하는 이(작가)와 듣는 이(독자), 시간과 공간이 따로 떨어져 있어 언어외적인 요소를 직접적으로 활용할 수가 없다. 따라서 발화를 제시하기 전에 먼저 앞뒤 전후 상황에 대한 설명이 있어야 한다. 그래야 독자도 발화의 기능을 쉽게 이해할 수 있다.

점심 시간이 되자 직원들이 밥을 먹으러 가기 위해 사무실에서 나가려고 했다. 그때 김부장이 김대리를 보고 말했다

"자네, 밥 먹었나?"

김대리는 갈등에 빠졌다. 김부장의 눈치를 보니 같이 밥을 먹으며 뭔가 할 이야기가 있는 것 같았다. 마침 여자친구와 점심 약속을 했는데, 사실대로 말할 분위기가 아니었다. 김대리는 순간적으로 "아뇨. 아직 안 먹었습니다. 부장님 같이 나가실까요?"라고 대답은 해 놓았지만, 이제 여자친구에게 뭐라고 말해야 할지 고민하기 시작했다.

언어외적인 상황을 객관적으로 표현하면, 독자는 '아, 김부장이 점심 시간에 밥을 같이 먹으러 가자고 하는 바람에 김대리가 여자 친구와 점심식사를 취소했구나. 김대리는 개인적인 연애보다 직장의 일을 더 중요하게 여기는 사람이구나.'라는 식으로 글의 내용을 좀 더 정확하게 이해할 수 있다.

평소에 말이 많다는 소리를 듣거나 눈치가 없다는 말을 자주 듣는 이라면 언어외적인 상황을 글로 표현해 봐야 한다. 무엇보다 먼저 말을 잘하기 위해서라도 글쓰기를 시도해야 한다. 말이 많거나 눈치가 없다는 말을 듣는 것은 필요 이상의 말을 하거나 상황에 맞지 않는 말을 하기 때문이다. 그만큼 상황파악 능력이 떨어진다는 것이다. 상황파악 능력을 키우기 위해서라도 언어외적인 상황을 먼저 구체적으로 표현해 보는 노력이 필요하다.

상황을 객관적으로 표현하는 글쓰기를 하면, 재미있는 글을 쓸 수 있을 뿐만 아니라 자신의 행동을 객관적으로 살피는 효과를 얻는다. 글쓰기를 하면서 사람이 좋게 바뀌었다는 말도 들을 수 있다. 글쓰기를 통한 힐링과 소통의 즐거움을 맛보는 순간이다.

가급적 구체어(관찰언어)로 쓰자

① 아이들은 으레 '오늘은 썰매를 탔습니다. 재미있었습니다.', 다음날은 '오늘은 연을 날렸습니다. 재미있었습니다.', 사흘째는 '오늘은 별일이 없었습니다. 심심했습니다.', 그 다음부터는 '오늘은 어제와 같습니다.', '오늘도 어제와 같습니다.' 하다가 그만 일기 쓰기를 끝내고 맙니다.

② 저는 전혀 달랐습니다. 썰매를 만들었으면 그 과정을 세세하게 써나갑니다. 그러다 보면 하루 일기가 대학노트 두 장도 되고, 석 장도 되었습니다. 썰매를 타는 재미도, 얼음이 깨져 죽을 뻔한 일도 몇 장씩의 일기가 되었습니다. 뻘밭에서 한쪽 다리가 크고 빨간 농게를 잡다가 엎어지고 뒤집어지며 아이들과 싸운 일, 갈대꽃술 끝으로 참게를 까딱까딱 놀려 굴밖으로 유인해낸 순간 재빨리 덮치다가 그만 손가락을 물려 소리소리 지르며 뺑뺑이를 치던 일들을 실컷 써나가다 보면 겨울방학 숙제와 여름방학 숙제는 대학노트 한 권으로는 모자라고는 했습니다.

- 조정래의 '황홀한 글감옥(91쪽)' 에서

글을 쓰면서 가장 어려워하는 것이 일정 분량을 채우는 것이다. 그런데 구체어를 활용하면 글의 분량을 채우는 것은 문제도 아니다. 남들은 일기장 한두 줄 채우는 것도 어려워 할 때 대학노트도 부족할 정도로 글을 썼다는 조정래 작가의 고백은 우리에게 시사하는 바가 크다.

① '재미있다.', '심심하다' 와 같은 추상어가 쓰여서 독자가 개입할 여지가 없다.
② '뻘밭에서 한쪽 다리가 크고 빨간 농게를 잡다가 엎어지고 뒤집어

지며 아이들과 싸운 일, 갈대꽃술 끝으로 참게를 까딱까딱 놀려 굴 밖으로 유인해낸 순간 재빨리 덮치다가 그만 손가락을 물려 소리소리 지르며 뺑뺑이를 치던 일' 처럼 있는 그대로의 사실을 표현한 구체어들이 독자의 상상력을 자극한다.

① 처럼 글을 쓰다 보면 그 한계가 금방 온다. 글이 갖춰야 할 기본적인 분량도 채울 수 없다. 글쓰기의 재미도 느낄 수 없다. 그러다 보면 점점 글쓰기에 자신감을 잃게 된다.

하지만 ②처럼 쓰기 시작하면 우선 분량을 걱정할 필요가 없다. 글을 쓰는 과정에서 그 순간을 다시 돌아보는 재미에 빠질 수 있고, 그만큼 독자들에게 재미를 전달할 수 있다. 글쓰기의 보람을 느끼면서 자신감도 늘어나기 시작한다.

구체어는 관찰언어이고, 추상어는 평가언어다. 구체어는 관찰한 것처럼 있는 그대로의 모습을 전해줌으로써 독자가 스스로 생각하게 만들지만, 추상어는 글쓴이의 평가가 들어가 자칫 상황을 왜곡해서 전달할 수가 있다. 구체어를 쓰다 보면 상황을 객관적으로 표현하며 덩달아 그 상황에 처해 있는 자신을 객관적으로 살펴보는 기회를 갖게 한다.

① 추상어(평가언어)

사무실에서 눈이 내리는 창밖을 바라보고 있는데 김과장이 다가와서 잔소리를 시작했다.

 - 평가를 드러내 상황을 왜곡해 전달할 수 있다.

② 구체어(관찰언어)

눈이 내렸다. 사무실에서 잠시 눈 내리는 창밖을 바라 보았다. 그 때 김과장이 다가와서 말했다. "이대리 눈을 좋아 하나 봐? 그런데 사흘째 준비하라고 한 서류는 어떻게 하고 있나?"

 - 상황을 있는 그대로 드러내 자신은 물론 독자가 객관적으로 볼 수 있게 한다.

① '잔소리'라는 평가가 담겨 있는 추상어를 사용함으로써 자칫 김과장을 근무시간에 창밖을 바라보지도 못하게 하는 나쁜 상사로 만들 수 있다.

② 김과장의 말을 사실 그대로 전달함으로써 독자가 스스로 상황을 판단하게 만든다.

구체어를 활용하면 글쓴이 자신도 그 상황을 객관적으로 돌아보는 기회를 가질 수 있다. ①처럼 표현하면 김과장은 어디까지나 잔소리를 하는 나쁜 상사에 불과하다. 그러나 ②처럼 표현하면 글을 쓰는 과정에 '아, 김과장이 일이 늦어지는 것을 걱정해주는구나'라고 느낄 수도 있다. 김과장이 나쁜 상사가 아니라 자신을 진심으로 배려해주는 좋은 상사라는 마음을 불러일으킬 수도 있다. 독자의 이해를 돕는 것뿐만 아니라 자신을 객관적으로 돌아보기 위해서라도 구체어를 사용하는 것이 좋다.

"장미꽃이 예쁘게 피어 있다."

이 문장에서 '예쁘게'라는 표현을 살펴 보자. 많은 사람들이 내가 예쁘다고 표현하면 상대도 그대로 받아 들일 것이라고 생각한다. 그런데 이 문장을 보고 어떤 사람은 빨간 장미를 떠올릴 수 있고, 어떤 사람은 하얀 장미를 떠올릴 수도 있다.

독자가 다양한 관점으로 해석해 줄 것을 바라고 쓴 것이라면 몰라도, 장미꽃이 피어 있는 모습을 표현한 것이라면 정확한 의미를 전달하지 못하는 글이다.

"빨간 장미꽃이 줄기를 타고 골목길 담장 위에 무더기로 피어 있다."
"하얀 장미꽃이 아침이슬을 머금은 채 햇살을 받으며 반짝이고 있다."

자신이 바라보고 있는 상황에 맞게 구체적으로 표현한 글이 독자에서 정확한 뜻을 전달할 수 있다. 의미를 분명하게 전달하기 위해 구체어를 사용해서 독자가 있는 모습을 그대로 떠올릴 수 있도록 표현해야 한다.

짧게 써라, 그러면 읽힐 것이다.
명료하게 써라, 그러면 이해될 것이다.
그림 같이 써라, 그러면 기억에 남을 것이다.
- 플리처

추상어를 쓸 때는 최대한 객관화 시키자

추상어는 '개별의 사물이나 표상의 공통된 속성이나 관계 따위를 뽑아 낸 말' 이다. 개나리, 진달래, 장미와 같은 구체적인 사물의 공통적인 속성을 상위개념으로 묶어서 '꽃' 이라는 추상어로 표현한다. 전문용어나 학술용어는 거의 추상어로 이뤄진다. 추상어를 사용하는 능력이 곧 자신의 지적 능력을 드러내는 것이기도 하다. 추상어는 짧게 표현해서 명확한 뜻을 전달하는 장점이 있다.

하지만 추상어를 사용할 때는 이를 객관화 시키는 능력과 노력이 필요하다. 추상어는 상대방이 내 의도와 다르게 해석할 수 있어 의사소통에 문제를 일으킨다. 추상어를 사용할 때는 앞에서 먼저 구체적인 상황을 제시해야 한다.

자신이 추상어를 잘 사용하고 있는지, 아닌지를 점검해 보는 방법은 간단하다. 진지하게 따라해 보자. 빨간 색 하면 무엇이 떠오르는가?

좀 더 쉽게 이해할 수 있도록 객관식으로 접근해 보자.

> 빨간 색 하면 누구나 떠올릴 수 있는 것은 몇 가지인가?
> ① 장미　　② 소방차　　③ 구두　　④ 혈액　　⑤ 적십자

다섯 가지라고 생각했다면 고민해 봐야 한다. 이 중에 답은 ② 소방차와 ⑤ 적십자 두 개밖에 없다. 이것을 이해하지 못한다면 한번쯤 자신의 추상어 표현능력에 대해 점검을 해봐야 한다.

왜 그런지 점검해 보자.

장미 하면 무슨 색이 떠오르는가? 물론 다수의 사람들은 빨간 색을 떠

올릴 수 있다. 그러나 지구상에는 수많은 사람들이 있다. 이들 중에는 하얀 색을 떠올리는 사람도 있고, 까만색을 떠올리는 사람도 있다. 장미라는 말에 누구나 빨간 색을 떠올릴 것이라고 생각했다면 큰 착각이다.

빨간 색에 구두를 떠올린 것도 마찬가지다. 주관적인 경험의 산물이지 누구나 똑같이 받아들일 수 있는 객관화된 표현이 아니다. 빨간 구두는 수많은 구두의 일부에 불과하다.

혈액도 마찬가지다. 물론 많은 사람들이 빨간 색을 떠올릴 것이다. 하지만 헌혈을 해 본 사람은 안다. 실제로 수혈할 때 사용하는 피는 빨간 색이라기보다 검붉은 색이다. 이런 사람에게 혈액이 빨간 색이라는 표현은 쉽게 받아들이기 힘든, 실제로 혈액의 색깔을 보지 못한 사람의 잘못된 표현이다.

이에 비해 ②소방차와 ⑤적십자는 사회적인 약속으로 누구나 빨간 색을 떠올린다. 이것을 언어의 사회성이라고 한다. 추상어는 거의 다 이렇게 사회적인 약속을 통해 이루어졌다. 말 한 마디에도 사회성이 있어야 통용될 수 있다는 것을 알고 최대한 객관화 시키는 노력을 기울여야 한다.

우리는 일상에서 추상어를 주관적인 경험으로 뭉뚱그려 표현하는 경우가 많다. 그러나 그것은 자신의 머릿속에서만 해석될 뿐이지, 상대는 그 머릿속을 들여다 볼 수 없기에 뜻을 정확하게 이해할 수가 없다. 추상어를 최대한 객관화 시키는 노력은 자신이 표현한 글의 의미를 누구에게나 정확히 전달하기 위해 꼭 필요하다.

추상어는 상대에게 전하고자 하는 뜻을 명확하게 전달하지 못할 수 있다는 것을 인식해야 한다. 평소에 자신이 쓰는 말이 상대에게 어떤 의미로 전달되는지 살펴 나가야 한다.

다음 중 인간이 해서는 안 될 행동은?

① 거짓말　　② 흡연　　③ 체벌　　④ 근친상간　　⑤ 살생

이 중에 객관화된 추상어는 몇 개일까? 사실 꽤 어려운 문제다. 어떤 사람은 5개 전부라고 생각할 수도 있다. 종교적 신념을 가진 사람일수록 더욱 그렇다. 하지만 엄밀한 의미에서 이 중에 모든 사람이 인정할 수 있는 것은 ④번 근친상간뿐이다.

거짓말, 흡연, 체벌, 살생 등은 이론이 있을 수 있다. 사람은 누구나 수없이 거짓말을 한다. 흡연이 스트레스 해소에 긍정적인 영향을 끼친다고 보는 이도 있다. 교육을 위해 체벌은 꼭 필요하다는 사람도 있다. 살생을 하지 말라는 것은 당장 육식을 끊고 굶어 죽으라는 말이라고 생각하는 사람도 있다.

"사람은 거짓말을 해서는 안 된다. 거짓말은 남에게 피해를 주고 결국 나 자신도 해치는 말이기 때문이다."

'거짓말'은 추상어다. 물론 이 표현만 보고도 어느 정도 뜻은 알아들을 수 있다. 그러나 거짓말에는 선의의 거짓말도 있다. 또한 사람은 세상을 살면서 거짓말을 하지 않으면 원만한 인간관계를 유지할 수 없다. 따라서 이 글은 결코 좋은 문장이 아니다. 글을 쓴 사람은 너무 당연하다고 생각해서 썼을지 모르지만, 독자는 '과연 거짓말을 안 하고 살 수 있단 말인가?'라며 반감을 가질 수 있다.

"마음의 있는 말이라도 다 해서는 안 된다. 아무리 기분이 나쁘더라도 때에 따라서는 거짓말을 해서라도 고객을 기쁘게 해주고, 신뢰 있는 사람으로 보이기 위해 노력해야 한다."

"자신의 이익을 챙기기 위해 고객에게 손해를 끼치는 거짓말을 해서는 안 된다. 당장은 이익인 것처럼 보일지 모르지만, 한두 번 거짓말로 신뢰를 잃으면 나중에는 더 큰 손해를 보게 된다."

이처럼 추상어를 쓸 때는 누구나 쉽게 이해하고 받아들일 수 있도록 앞뒤에 구체적인 상황을 설명해야 한다는 것을 잊지 말자.

스토리로 감성을 울리는 글을 쓰자

I am blind! (나는 맹인입니다.)

한 남자가 선글라스를 끼고 거지의 복장으로 팻말을 목에 걸고 길옆에 앉아 구걸을 시작한다. 행인들은 그 모습을 보고 아무렇지도 않게 지나간다.

그때 이 모습을 안쓰럽게 본 젊은 시인 앙드레 볼튼(1896~1966)이 다가와 다음과 같이 팻말의 문구를 수정해 준다.

Spring is coming. But I can't see it.(봄은 곧 오는데 나는 볼 수가 없답니다.)

그러자 기적 같은 일이 벌어진다. 아무도 거들떠보지 않았던 행인들이 새로운 문구를 보고 주머니의 돈을 꺼내 구걸통에 던져 주기 시작한다. 1926년에 뉴욕에서 실제로 있었던 일이다.

사람은 감성을 울리는 스토리에 마음이 약하다. 같은 뜻을 담고 있더라도 단순히 정보를 전달하는 글과 감성을 울리는 스토리를 대하는 독자의 태도는 달라질 수밖에 없다.

짧은 스토리로 감성을 잡는 기법은 광고에서 많이 쓰인다. 예전에는 "내 물건 좋으니까 사주세요."라는 구조로, 앞부분에 상품에 대한 정보를 제공하고, 뒷부분에 내 용건을 드러냈다. 하지만 고객은 식상해 하기 시작했다. 광고가 나오면 채널부터 돌리는 경우가 많다. 광고 종사자들은 고객의 이런 심리를 파악해서 감성을 울리는 스토리를 만들기 시작했다.

가장 성공한 것으로 박카스 광고를 꼽는다. 친숙한 모델과 사람 냄새 나는 스토리로 짧은 시간에 소비자의 감성을 잡은 것이다. 시리즈로 나와 있는 광고를 보면서 감성을 울리는 스토리가 무엇인지 살펴보는 텍스트로 삼아도 좋다.

경쾌한 음악이 흐르고 산동네로 연상되는 곳에서 젊은이가 신난 표정으로 걸음도 가볍게 어딘가를 간다. 청년은 동네슈퍼를 지나치다 주인아저씨에게 친숙하게 말한다.

"아저씨, 저 오늘 첫 출근해요."

"응, 그래? 뭐 하는 회사야?"

"그냥, 조그만 회사예요."

"크기가 뭔 상관이야? 가서 크게 키워!"

청년은 거수경례를 하며 힘차게 외친다.

"예! 알았습니다."

이어서 힘차게 출근길에 나서는 청년의 모습이 이어지면서 상품과 함께 젊은 날의 선택이란 광고 멘트가 뜬다.

"힘내세요, 꼭!"

글을 쓸 때 가장 경계해야 할 것이 할 말을 모두 다 해 버리는 것이다. 독자는 어느 정도 글을 읽다 보면 글쓴이가 무슨 말을 하려고 하는지 짐작하기 시작한다. 독자의 짐작대로 결론이 난다면 그것은 참으로 허무한 글이다. 가급적 할 말을 줄이고, 스토리로 전해주면서 독자가 스스로 판단할 수 있도록 여운을 남기는 것이 좋다.

박카스 광고의 스토리 구조를 머릿속에 익혀 놓고, 글을 쓰면서 자꾸 하고 싶은 말이 생길 때마다 과연 꼭 필요한 말인지 점검해 보면 좋다. 말을 하는 것보다 아끼는 것이 더 많은 메시지를 담는 방법이라는 것을 알 수 있다.

내 글을 객관적으로 봐줄 사람을 찾아라

〈하얀 전쟁〉에 내가 붙였던 제목은 〈에필로그를 위한 전쟁〉이었다. 하지만 〈실천문학〉에 연재를 하기로 결정이 났을 때 잡지사에서 제목을 바꿔 달라고 요구했다. 나는 30여 개의 제목을 제시했지만 마음속으로는 어떤 제목도 〈에필로그를 위한 전쟁〉만큼 멋지지 않다고 믿었다. - 중략 - 사랑하는 제목을 지켜내지 못한 나는 몇 해가 지난 다음 〈실천문학〉의 발행인으로서 〈에필로그를 위한 전쟁〉이라는 제목에 가장 먼저 반대했던 작가 이문구를 만나 그 제목을 왜 모든 사람이 싫어하는지 모르겠다고 물어보았다. 현상응모작 〈에필로그를 위한 전쟁〉에 대해서 "그 동안 기성 작가들이 발표한 전쟁소설을 수도 없이 읽었으나 아직 이만한 물건은 만나 본 적이 없다."고 평했던 심사위원장 이문구는 그 소설이 상당히 묵직한 작품인데, 〈에필로그를 위한 전쟁〉이라고 하면 경박한 단편소설의 인상을 준다고 설명했다. 그제서야 나는 작품의 무게나 부피는 제목의 길이와 반비례한다는 원칙을 받아 들이게 되었다.
- 안정효의 「글쓰기 만보」 중에서

〈하얀전쟁〉, 〈은마는 오지 않는다〉의 작가 안정효 씨의 고백이다. 제목의 중요성을 강조하기 위해 쓴 글이지만, 여기에는 제목의 중요성뿐만 아니라 글쓰는 이의 고집과 한계를 극복하기 위한 노력이 잘 담겨 있다.

안정효 씨는 자신이 처음에 지은 〈에필로그를 위한 전쟁〉이란 제목에서 쉽게 벗어나지 못한다. 글을 많이 써본 사람은 종종 이런 경험을 한다. 한번 정한 자신의 틀을 깨기란 정말 어려운 일이다. 옆에서 아무리 좋은 말을 해줘도 그 순간은 잘 들리지 않는다. 공을 들인 작품일수록 더욱 그렇다. 자신의 생각으로 관점을 좁혀서 보기 때문에 객관적으로 바라보는 안목이 좁아지는 것이다. 안정효 씨도 처음에는 주변 사람들의 말이 귀에 잘 들리지 않았다. 주변에서 아무리 뭐라고 해도 자신의 생각이 옳은 것만 같았다. 몇 년이 흐른 뒤에야 비로소 그것이 자신의 생각에 빠져 있었기 때문인 것을 알아 차린다. 주변 사람의 말에 귀를 기울여 자신의 생각을 내려놓고 〈하얀전쟁〉이라는 제목을 받아 들여 성공한 경험담을 들려주고 있다.

출판사를 운영하면서, 또한 글쓰기 강좌를 통해서 자기 글의 평가에 민감하게 반응하는 사람을 많이 만난다. 자신의 작품에 대해 조금이라도 보탬이 되는 평을 해주려고 하면, "그것은 어쩌고…. 이것은 저쩌고…."라고 토를 달며 평가해 주는 사람을 민망하게 만드는 사람도 많다. 심지어 문법이 좀 맞지 않아서 교정이라도 봐줄라 치면 괜히 기분 나쁜 표정을 지어서 더 이상 말도 못하게 하는 사람도 많다.

글쓴이가 자기 글에 자부심을 갖고 애정을 갖는 것은 당연한 일이다.

하지만 그 정도가 지나치면 자신의 생각에 취해 자신만의 글을 쓸 수밖에 없다. 아니, 그 전에 쓰는 글마다 좋은 평을 받지 못하는 경우가 많아서 더욱 자신의 울타리로 위축되거나, 아예 글쓰기를 포기하는 경우도 생긴다.

안정효 씨의 고백을 진지하게 받아 들여야 하는 이유가 여기에 있다. 글쓰는 이가 자기 것만 고집해서는 발전하기 어렵다. 자신의 틀을 깨지 못하고 독자에게 쉽게 다가가는 글을 쓰기는 어렵다. 가급적 자신을 내려놓고 전문가들의 충고에 냉정히 귀를 기울여야 한다. 기본적으로 글쓴이는 자신의 글을 객관적으로 보기가 어렵기 때문에 더욱 그렇다. 이런 한계를 극복하기 위해 자신의 글을 객관적으로 봐줄 사람을 찾는 것이 중요하다.

당나라의 시인 백낙천은 글도 모르는 노파에게 시를 읽어주고, 어렵다고 하면 쉽고 재미있다고 할 때까지 고쳤다. 그는 당대 지식인으로서 자신의 글이 좀 더 쉽게 읽히기 바라는 마음으로 자신을 한껏 낮추고 대중에게 다가선 것이다.

윤동주 시인은 연희전문학교 시절에 같이 자취하던 후배 정병욱 씨에게 '별 헤는 밤'을 보여 주고, "왠지 마무리가 좀 허합니다."라는 평가를 듣고 초고에 없었던 4행으로 첨가해 마지막 연을 완성했다.

그러나 겨울이 지나고 나의 별에도 봄이 오면
무덤 위에 파란 잔디가 피어나듯이
내 이름자 묻힌 언덕 위에도
자랑처럼 풀이 무성할 거외다
　- 윤동주의 '별 헤는 밤' 중에서

이 연은 '별 헤는 밤'의 핵심이라 할 수 있다. 시인의 의지가 잘 담겨 있는 부분이기도 하지만, 이 부분을 암송할 때마다 필자는 글쓰는 이의 겸손한 자세를 새길 수 있어서 더욱 좋다.

자신의 글을 객관적으로 봐줄 사람을 찾기 위해서 믿을 만한 지도교수나 강사가 이끄는 글쓰기 강좌에 몸을 담는 것이 좋다. 공부란 모르는 것을 알아가는 과정이라 간혹 자신의 생각과 다른 말을 들어야 할 때가 많다. 결코 쉬운 일이 아니다. 간혹 기분이 상할 수 있고 반감이 생길 수 있다.

지도교수나 강사가 있는 모임이라면 그 분들을 전문가라고 생각하고 믿는 만큼 일단 듣고 따르겠다는 마음이 일어난다. 전문가들은 수강생들의 심리를 잘 알기 때문에 평가를 해도 알아 들을 만큼 하는 경우가 많다. 지속적으로 믿고 따르다 보면 단계적으로 자신도 그 수준만큼 발전하는 체험을 할 수 있다.

하지만 비슷한 사람끼리 모인 글쓰기 모임은 시간이 지나면서 서로에게 상처를 주는 경우가 많다. 사람은 누구나 남의 글은 객관적으로 보는 안목을 갖고 있다. 비슷한 사람끼리 서로의 작품을 평가하기 시작하면, 설사 자신을 위한 조언으로 받아들이려 해도 서로에게 상처를 줄 수 있다.

"솔직하게 말해주세요. 저는 솔직한 표현을 좋아해요."

모임 중에 이렇게 말하는 사람이 있으면 더욱 조심해야 한다. 이런 사람일수록 직설적으로 남을 평가하는데 반해, 자신이 직설적인 평가를 받으면 민감한 반응을 일으킨다. 서로 남의 단점만 보기 때문에 이견이 생기면 중재할 사람도 없어 자칫 인간관계마저 틀어질 수가 있다.

글쓰기는 어떤 형태로든 자신을 객관적으로 돌아보게 만든다. 초기에는 배우면 배울수록 새롭게 알아가는 것이 많아서 신나고 재미가 있을 수 있다.

"아, 맞아. 그렇구나."

하나 둘 모르는 것을 알아갈수록 글쓰기에 재미가 붙는다. 그런데 모든 공부가 그렇듯이 글쓰기도 어느 정도가 되면 벽에 부딪힐 때가 있다. 분명히 어떻게 해야 하는지 알겠는데 그것을 뜻대로 고쳐나갈 수 없는 경계를 만난다.

"아는데, 안 되는 걸 어떻게 해?"

이때는 잘 하려고 할수록 더욱 안 되는 내 모습에 좌절하기 십상이다. 가슴이 답답하고 글쓰기를 하면서 내 상태가 더 나빠지는 것은 아닌가 싶은 생각이 들 때가 많다.

공부를 해 본 사람은 안다. 이때가 비로소 공부에 들어서는 때이며 가장 중요한 시점이다. 이 시기를 잘 극복하면 좀 더 재미있는 단계로 올라서지만 이때 굴복해 버리면 글쓰기에 대한 자신감마저 영영 잃어버릴 수 있다.

그래서 가급적 믿을 만한 지도교수나 강사가 이끄는 글쓰기 강좌에 몸을 담는 것이 좋다. 믿을 만한 전문가는 대개 그 단계를 겪어본 사람이다. 그들은 글쓰기를 할 때 가장 힘든 경계를 만나면 어떻게 극복해야 하는지 잘 알고 있다. 믿고 따르다 보면 반드시 벽을 뚫고 지나갈 수 있다. 그 맛을 느끼기 위해서라도 믿을 만한 지도교수나 강사를 찾아 끝까지 따라봐야 한다.

PART 2

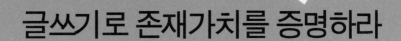

글쓰기로 존재가치를 증명하라

- 실용글쓰기 13강

가장 개인적인 일이
가장 사회적인 일이다.
내가 선 자리에서 겪은
가장 나다운 이야기를 쓰면 그것이
가장 사회적으로 사랑받는 글이 된다.

SECTION 1

책쓰기로 인생을 설계하라

책 내는 글쓰기

자기계발서 쓰기

자서전 쓰기

제1강

책 내는 글쓰기

나만의 이야기로 글쓰기의 틀을 갖추자

"어떤 이야기를 써야 할지 모르겠어요?

글쓰기 강좌에서 가장 많이 듣는 고민이다. 고민을 털어놓는 이들은 글쓰기가 특별히 뛰어난 경험이 있어야 쓸 수 있다고 생각한다. 자신은 특별한 삶을 살지 않아서 글로 써야 할 것이 없다고 생각하는 경우도 있다.

개인과 사회는 뗄레야 뗄 수 없다. 가장 개인적인 일이 가장 사회적인 일이라는 말이 그냥 생긴 것이 아니다. 내가 선 자리에서 겪은 이야기를 쓰면 그것이 가장 사회적인 글이 될 수 있다.

자신의 경험이 직장생활을 벗어날 수 없다면 바로 직장생활의 소소한 이야기를 쓰면 된다. 특별난 것이 없다면 평범한 소시민의 이야기를 쓰면 된다. 바로 나만이 쓸 수 있는 나만의 구체적이고 진솔한 삶의 이야기를 쓰는 것이 중요하다.

필자는 그동안 책을 내기 위해 글을 썼다는 사람을 많이 만났다. 이들이 보여주는 초고는 개인적인 성과물로 남기기에는 좋을지 몰라도, 책으로 엮어 독자들 앞에 내세우기에는 부족한 것들이 많았다. 그 이유는 크게 세 가지를 들 수 있다.

첫째, 어디서 본 듯한 좋은 이야기를 짜깁기한 글이다. 이런 글들은 하나하나 떼어놓고 보면 좋을지 모르지만, 전체적으로는 특별히 매력을 느낄 수 없다. 책으로 내려면 글쓰기 방향을 새롭게 세워야 한다. 이런 분들은 너무 책 속에 파묻혀 있지 말고, 배운 것을 행해보면서 자신만의 성공 사례를 만들어 가는 노력이 필요하다.

둘째, 자신의 성공담을 늘어놓으며 훈계조를 보이는 글이다. 개인 성공담을 잘 활용해서 독자에게 친숙한 글쓰기로 다듬어 간다면 좋은 책으로 엮어 낼 가능성은 보이지만, 그 틀을 깨기란 결코 쉽지 않다. 이런 분들은 글쓰기 방법에 대해 좀 더 고민해 봐야 한다. 물론 출판사를 잘 만나 편집진의 도움을 받는다면 어떻게든지 책을 낼 수 있다는 점에서는 긍정적인 점도 있다. 훈계조를 버리고 보여주기 식으로 독자가 함께할 수 있는 자리를 만들어 나가야 한다.

셋째, 분명히 자신의 성공사례라고 하지만 이미 다른 책에 있는 비슷한 내용의 글이다. 평소에 독서를 별로 하지 않았다는 것을 보여주는 사례다. 자신에게는 아무리 독창적인 경험이라도 다른 사람이 이미 한 이야기를 옮겨 놓는다면 그것은 앵무새와 다를 것이 없다. 평소에 글을 쓰면서 책을 내고 싶은 욕심이 있다면, 관련 도서를 찾아서 독서량을 늘려가면서 자신만의 새로운 브랜드를 만들기 위해 노력해야 한다. 같은 재료로 만들어도 자신만의 고유한 맛을 내는 요리사가 얼마나 많은가?

음악가가 표절 시비에 휘말릴 때마다 자신은 의도적으로 표절을 한 것이 아니라고 한다. 그의 말이 진실이라도 표절로부터 자유로울 수는 없다. 그것이 표절인 줄도 몰랐다는 것 자체가 이미 큰 잘못을 범한 것이다.

글쓰기도 마찬가지다. 아무리 좋은 글이라도 그 글 속에 남의 목소리가 들린다면 그것은 이미 나의 글이라고 할 수 없다. 그래서 나만이 쓸 수 있는 글감을 찾기 위해 부단히 노력해야 한다. 세상에 나 하나밖에 쓸 수 없는 책을 낼 수 있는 틀을 잡아 나가야 한다.

가장 가까운 이들을 독자로 생각하자

글쓰기는 자신을 드러내는 일이다. 글쓰기를 어려워하는 사람이 가장 경계해야 할 것이 평가에 대한 두려움이다. 띄어쓰기와 맞춤법이 틀려 무식이 드러날까 봐, 괜히 잘난 척한다는 소리를 들을까 봐, 이래저래 평가를 두려워하기 때문에 시도조차 하지 못한다. 평가에 대한 두려움 때문에 어쩌다 용기를 내서 글쓰기를 해도 괜히 가슴 답답함에 시달리거나, 겨우겨우 완성하고도 발표할 엄두조차 내지 못하는 경우가 많다.

이런 사람이 알아야 할 희소식이 있다. 불특정 다수는 남의 일에 큰 관심을 갖지 않는다. EBS 다큐멘터리 〈인간의 두 얼굴〉에서 특이한 복장을 한 실험자를 사람들이 많이 모여 있는 곳에 투입했다. 실험자는 복장이 민망스러워 어쩔 줄 몰라 했지만, 나중에 관중들에게 물어봤더니 아무도 그를 눈 여겨 본 사람이 없었다. 사람은 자신과 관계된 일이 아니면 의외로 남의 일에 큰 관심을 갖지 않는다. 글을 쓸 때 불특정 다수의 평가를 두려워할 이유가 없다는 것을 알 수 있다.

　유명한 작가가 아닌 이상 내 글의 독자층은 극히 한정되어 있다. 이해관계가 없는 사람은 그리 큰 관심도 갖지 않는다. 설사 글을 잘못 썼더라도 내 글에 대해 뭐라고 할 사람은 극히 제한적일 뿐이다. 그러니까 나와 아주 가까운 이들을 독자로 상정하고 글쓰기를 시도할 필요가 있다.

　필자는 문학지를 통해 시인으로 등단했다. 등단작이 실려 있는 잡지를 받았을 때 기분은 하늘을 날 것 같았다. 보고 또 보고, 수많은 작품 중에 유독 필자의 작품만 보였다. 하지만 시간이 지나면서 필자의 작품이 실려 있지 않은 잡지를 받아보며 허망함이 들기 시작했다. 필자 역시 작품집을 볼 때 안면이 있는 사람의 글이 아니면 대충 넘기는 모습을 보았다. 그러다 이런 생각이 들었다.

　'과연 내 작품을 봐 줄 사람이 얼마나 될까?'

　우선 가장 가까운 가족은 관심을 갖고 읽어 주었다. 어머니가 먼저 반응을 보였고, 두 딸과 누이동생이 적극적으로 호응했다. 그 다음에 인연이 있는 몇몇 사람이 필자의 글을 읽었다는 반응을 보였다.

　지역문인으로 활동하면서 공동 작품집을 발간했을 때도 똑같은 경험을 했다. 사람들은 자신이 알지 못하는 사람의 글에는 큰 관심을 갖지 않았다.

　그때부터 필자는 생각을 바꿨다. 가장 가까운 이를 독자로 생각하고 글을 쓰자. 그러니까 훨씬 쓸 이야기도 많았다. 또한 글을 읽은 가까운 이들로부터 긍정적인 평가도 많이 들었다. 당연히 글쓰기에 자신감도 붙었다. 무엇보다 소통의 글쓰기라는 의미를 부여할 수 있었다.

"나를 포함한 가장 가까운 세 명의 독자를 생각하면서 써보세요."

필자는 경험을 바탕으로 수강생들에게도 이렇게 강조했다. 효과가 금방 나타났다. 그러니까 구체적으로 쓸 이야기가 많아졌다. 또한 가까운 이에게 보여줄 글이라고 생각하니까 긍정적인 이야기를 쓰게 되었다. 글을 쓰면서 가까운 이들의 긍정적인 모습이 많이 보이기 시작했고, 그렇게 쓴 글을 본 이들에게 좋은 평가를 들으면서 글쓰기에 재미를 붙이면서 자신감이 늘었다.

글을 쓰기가 어렵다면 반드시 점검해 보자.
나는 누구를 위해 글을 쓰려 하는가?
과연 누가 작품을 읽어 줄 것이라 생각하는가?
내 글에 관심을 갖고 읽어줄 사람은 나와 가장 가까운 사람들이다. 처음부터 너무 멀리 보지 말고, 우선 가까운 이가 좋아할 글부터 써 보자. 당장 그 효과를 느낄 것이다.

책은 얼마든지 낼 수 있다

"책을 내고 싶은데 어떻게 하면 좋죠?"
현재 우리의 출판시장은 불황기를 맞고 있다. 책을 내고 싶다면 먼저 불황을 맞고 있는 출판사의 입장을 고려해야 한다.
내가 출판사 사장이라면 어떤 책을 내려고 하겠는가? 당연히 많이 팔려 수익을 최대화 시켜주는 책이다. 출판사는 책이 많이 팔릴 것이라는 믿음이 있으면 얼마든지 좋은 조건을 제시하며 달려든다. 따라서 책을 내고 싶다면 먼저 출판사가 내게 달려들 만한 매력을 제시해야 한다.

일반적으로 출판사와 계약을 맺자고 달려들게 만드는 방법에는 크게 다섯 가지가 있다.

첫째는 조정래, 공지영, 신경숙 등과 같이 부동의 베스트셀러 작가가 되는 것이다. 자기계발 분야에서는 한비야, 박경철, 이지성 씨 같은 흥행의 보증수표를 제공하는 저자가 되는 것이다.

둘째, 유명 인사가 되는 것이다. 대중스타는 물론이고, 대기업 총수나 대중들에게 절대적인 영향을 끼치는 위치에 선다면 어느 출판사나 침을 흘리며 달려든다.

대표적인 예로 안철수 씨가 있다. 그는 정치에 발을 들여놓기 전에 온 국민의 우상과 같은 존재였다. 지금은 정치에 입문하면서 우호세력과 반대세력이 분명하게 나뉘어졌지만, 아직도 출판사에게는 매력있는 인물이다. 그가 2012년 7월에 정치에 발을 들여 놓으며 발간한 〈안철수의 생각〉이라는 책은 말 그대로 초대박을 터뜨렸다. 전문필자가 인터뷰 형식으로 쓴 책임에도 불구하고, 출간 후 23시간 만에 11,043권이 판매되는 기록을 세웠으며, 5개월 동안 무려 70만 부 이상이 팔려 나갔다. 저자에게 책값의 10%인 1,300원이 인세인 것을 감안하면 5개월 동안 무려 인세로만 9억 1천만 원을 벌어들인 것이다. 출판사는 인세를 빼고 50% 정도의 수익이 생기는 것으로 추정할 때 거의 45억 원의 매출을 챙긴 것이다. 어느 출판사가 이런 이의 글을 마다하겠는가?

영향력 있는 기업의 CEO나 임원이 되면 자부심을 가질 필요가 있다. 그 정도 지위에 있으면 책을 내는 것은 글재주보다 마인드가 더 중요하게 작용한다. 유명인사 중에는 대필로 책을 내는 경우가 많다. 대필이 자존심 상한다면 출판사의 도움을 받으면 된다. 출판사는 편집부의 명예를 걸고 심혈을 기울여 문장을 다듬어 주는 이들이 있다.

셋째, 인터넷의 수퍼블로거로 인기를 끌거나, 지면을 통해 끊임없이 글을 발표하면서 대중적인 인기를 끌어 모으는 것이다. 이미 시장 가치를 인정받았기 때문에 출판사와 쉽게 계약할 수 있다. 책을 내는 게 급하지 않다면 여유를 갖고 지금부터 차근차근 터전을 다져 나가야 한다. 자신이 잘 할 수 있는 것을 찾아 집중적으로 공략하기 위해 장기적인 계획을 세워 추진해 나가는 것이 좋다.

넷째, 맨땅에 헤딩하듯이 스스로 끊임없이 출판사를 두드려 보는 것이다. 밑져야 본전이라는 각오로 계약할 때까지 포기하지 않고 여기저기 출판사를 두드려 보는 것이다. 원고만 좋으면 에이전시를 통해 인세의 일부는 양보하는 조건으로 맡기는 것도 좋다. 소설 〈뿌리〉의 저자 알렉스 헤일리는 출판사로부터 매번 거절을 당하다 39세가 되어서야 말콤 엑스의 자서전을 출판하면서 이름을 알리기 시작했다. 〈해리 포터〉의 작가 조앤 롤링도, 400만 부의 베스트셀러 작가인 〈연탄길〉의 작가 이철환, 38만 부 이상을 판 〈여자라면 힐러리처럼〉 이후 최고의 베스트셀러 작가가 된 이지성 씨도 초기에는 수많은 출판사 문을 두드리며 좌절을 맛보았던 사람들이다.

물론 계약을 좀더 쉽게 맺으려면 전략을 세워야 한다. 출판사마다 성격이 다르고 주력으로 출판하는 장르가 약간씩 다르다. 요즘은 인터넷 검색만 해도 쉽게 찾을 수 있으니 가급적 내 원고의 장르와 성격이 비슷한 책을 낸 출판사를 집중적으로 공략하는 것이 좋다.

또한 출판사의 거절을 퇴짜로 보지 말고, 내 글에 대한 냉정한 피드백으로 받아 들여야 한다. 출판사로부터 끊임없이 거절을 당하는 사람 중에는 수준 이하의 원고를 갖고 있는 이들도 많다. 혹시 내 원고도 수많은 수준 미달의 원고 중에 하나로 평가받고 있지는 않은지 끊임없이 점검해 봐야 한다. 그 과정에서 원고의 부족한 부분을 다듬어 더 좋은 책을 만들 수 있다.

다섯째, 자비로 출간하는 방법도 있다. 출판사로부터 거절당하는 참담함을 맛볼 이유도 없고, 책을 만드는 과정에서 출판사의 요구에 시달릴 필요도 없다. 물론 자비출판을 부정적으로 보는 사람도 있다. 하지만 자비출판도 활용하면 수익창출의 전략이 될 수 있다.

자신 있다면 자비출판도 남는 장사다

출판사와 계약할 때 인세 조건은 저자의 지명도에 따라 다르다. 단행본을 기준으로 했을 때 베스트셀러 작가들은 10%를 받는다. 무명작가는 최하 5%에서 최대 10%까지 각양각색이다.

인세계약이라고 다 돈을 버는 것은 아니다. 베스트셀러 작가가 아니면 10% 인세계약을 맺더라도 오히려 손해인 경우도 있다. 인세 계약은 저자 증정본으로 10권 정도를 받는다. 출판사에서 광고나 판촉에 크게 신경을 쓰지 않아 무명저자는 독자에게 자신의 책을 알릴 방법이 거의 없다. 결국 저자가 책 판매에 개입해야 한다. 그러지 않으면 책은 냈지만 대중에게 다가서지도 못하고 금방 사장되어 버린다.

저자가 자기 책을 선물로 주려면 정가의 70%를 주고 구입해야 한다.

결국 저자가 필요로 하는 책이 많을 때는 그만큼 비용을 추가로 부담해야 한다. 어쩔 때는 자비로 출판해서 선물로 주는 것이 훨씬 이익일 수도 있다. 자비출판은 주변 사람들에게 부담없이 자신의 저서를 선물로 줄 수 있어 좋다.

자비출판으로 베스트셀러에 오른 책도 많다. 인세계약을 알아봤으나 책을 내주겠다는 출판사가 없자 자비출판을 결심한 케이스다. 대신 출판사한테 제작과 판매, 그리고 수금을 의뢰하면 된다. 어떤 이는 자신의 돈과 인맥을 활용해서 일간지에 수차례 광고를 했다. 1권이 베스트셀러에 오르고, 그 기세로 3권까지 냈는데 300만 부 이상 팔리는 대박을 쳤다. 자기 원고에 대한 확실한 자부심이 있었고, 경제적인 여력도 충분했기에 자비출판에 투자를 해서 큰 성과를 거둔 것이다. 필자가 출판사 영업사원으로 일할 때 직접 목격했던 실화다.

출판프로듀서이자 책쓰기 코치로 수많은 베스트셀러를 선보인 송숙희 씨는 〈책쓰기의 모든 것〉(인더북스)에서 자비출판으로 성공한 케이스를 소개하고 있다.

〈48시간 영어공부법〉(박병태 저, 중앙북스)은 저자가 자비출판으로 필요한 사람들에게 나눠주던 〈8시간 6일이면 영어회화 정복한다〉을 보고 성공가능성이 보여 출판사에 추천한 책이라고 한다. 외국에서는 저자가 자비출판이라는 것을 밝히고 마케팅으로 활용하기도 한다. 〈영혼을 위한 닭고기 수프〉는 출판사로부터 144번의 거절을 받자 자비출판을 해서 성공한 케이스다. 일본의 〈B형 자기설명서〉, 영국의 〈새도맨서〉도 출판사로부터 외면을 당하자 자비출판으로 초대박을 터트린 책들이다.

원고의 전문성과 상품성에 자신감만 있다면 굳이 자비출판을 마다할 이유가 없다.

출판의뢰서를 작성해 보자

　　직장인들 중 20대는 소설(56.1%), 자기계발(45.8%), 시와 에세이 (20.6%) 등의 순으로, 30대는 자기계발(50.5%), 소설(49.5%), 경제경영 (18.9%) 등의 순으로, 40대 이상은 자기계발(46.7%), 경제경영(40.0%), 인문(33.3%) 등의 순으로 독서를 했다. 책을 선정하는 기준은 ①'유명한 사람의 에세이나 자기계발서'(40.6%), ②'베스트셀러'(35.9%), ③'업무와 일에 필요한 내용의 책'(32.3%), ④'평소 좋아하는 작가의 신간'(31.8%) 등 의 순이었다.

- 2014년 2월 19일 잡코리아

　　이 설문조사 항목에는 문제가 있다. ②항목의 베스트셀러의 기준이 모호하다. 엄밀히 따지면 ①과 ④도 베스트셀러의 일부인 경우가 많다. 직장인들은 표현만 다르지 결국 베스트셀러 위주로 책을 구입하는 것이 다.

　　설문조사 결과대로라면 무명인이 좋은 책을 발간한다 해도 독자들에 게 선택받기란 참으로 어렵다. 어떻게든지 상품성 있는 책을 발간해 베 스트셀러에 올려놓는 길을 찾아야 한다.

　　베스트셀러를 만들기 위해 필요한 것이 시장조사다. 어떤 책이 잘 나 가고, 어떻게 홍보를 했는지 살펴봐야 한다.

　　일반적으로 잘 나가는 책에는 크게 네 가지가 있다.

　　① 유명인의 책
　　② 시사성 있는 내용을 다룬 책
　　③ 업무와 관련된 전문서적

④ 시대를 선도하는 자기계발서

유명인의 책은 일상적인 글쓰기로 가능하다. 수필을 쓰듯이 자연스럽게 자신의 이야기를 풀어내는 것으로 얼마든지 읽히는 책을 만들 수 있다. 자신이 유명인이라 생각하면 자신감을 갖고 바로 일상적 글쓰기를 시작하는 것이 좋다.

하지만 나머지 세 가지 부류는 진지하게 고민해야 한다. 일상적인 글쓰기보다는 기획출판을 하는 것이 좋다. 그렇지 않으면 독자들에게 다가갈 방법이 없다.

일반적으로 출판의뢰서는 원고를 다 쓴 다음에 출판사를 섭외하기 위해 쓴다. 물론 맞는 말이다. 하지만 책을 내겠다고 시작한 글쓰기라면 맨 먼저 출판의뢰서를 작성해 보는 것이 좋다. 출판의뢰서를 써 봄으로써 자신의 글이 얼마만큼 상품성이 있는지 점검해 볼 수 있기 때문이다. 한 권의 책을 내기 위해서는 적어도 6개월 이상의 노력을 기울여야 한다. 괜히 글을 다 써놓았는데 상품성이 없다면 어떻게 하겠는가?

책을 내기 위한 글쓰기라면 먼저 출판의뢰서를 작성해 보자. 설사 자비출판을 염두에 두고 있더라도 글쓰기의 방향을 설정하기 위해서라도 출판의뢰서를 먼저 작성해보는 것이 좋다.

출판 의뢰서

1) 제목(혹은 가제, 번역서일 경우 원제를 함께 기입해주십시오)

2) 저자(이름과 간략한 소개, 이메일, 전화번호 등의 연락처를 남겨주십시오.)
저자 이름:
소개:

3) 어떤 분야의 책입니까?

4) 집필(혹은 번역) 동기는 무엇입니까?

5) 원고의 내용을 요약해주시기 바랍니다.

6) 대상독자는 누구이며, 그 이유는 무엇입니까?

7) 이미 발행된 비슷한 내용(혹은 같은 분야)의 책(유사도서)을 알고 계십니까?

8) 이 원고(책)의 장점과 차이점은 무엇입니까?(수상여부 등)

9) 선생님의 원고를 책으로 만들 때 반영하고 싶은 편집 및 홍보 아이디어를 자유롭게 적어주십시오.

10) 출간(계약)과 관련하여 그밖에 하실 말씀이나 출판사에 요청하실 사항이 있습니까?

제2강

자기계발서 쓰기

인문의 숲을 바라보자

자기계발서란 독자에게 동기를 부여하고 긍정적인 행동변화를 이끌어내는 책이다. 별일 아닌데도 티격태격 싸우던 사람이 〈기질분석〉에 대한 책을 읽고 상대를 이해하는 마음을 가졌다거나, 자녀와 소통 문제로 속을 썩이던 사람이 〈육아교육〉에 대한 책을 읽고 고민을 해결해 나간다면 자기계발서의 역할을 다한 것이다. 서류작성이나 실용글쓰기에 자신감이 없어 업무능력에서 저평가 받던 사람이 이 책을 읽고 글쓰기의 필요성을 절감하고 노력해서 업무처리 능력을 인정받는다면 얼마나 가치 있는 일인가?

"자기계발서 안 읽는다. 인문학 서적만 읽는다."

필자는 독서지도사로 활동하면서 인문서적 좀 읽었다고 목에 힘주는 사람을 많이 봤다. 책은 얼마나 많이 읽었는지 모르지만, 입만 열면 고전을 들먹이는 바람에 대화가 안 돼 그냥 입을 다물었던 적도 많다.

인문서적은 지식으로 습득하는 것이 아니라 그 속에 담겨 있는 지혜를 찾아 생활 속에 구체적으로 활용해 나가야 한다. 자기계발서는 어느 한 분야에서 성공한 사람의 삶의 지혜가 구체적으로 담겨 있어서 잘만 하면 그대로 따라 배우기만 해도 큰 지혜를 얻을 수 있는 책이다. 자기계발서를 인문서적보다 질이 낮은 것으로 보는 시각은 지나치게 편협한 사고다. 인문서적을 아무리 많이 읽었다 하더라도 지식만 나열하고 현실에 활용할 수 없다면 무슨 소용이 있겠는가?

자기계발서는 인문서적이 담고 있는 지식을 현실에 구체적으로 활용한 실천사례가 담긴 책이다. 따라서 자신에게 꼭 필요한 자기계발서를 접한다면 그것은 정말 큰 행운이다.

물론 현실적으로 너무 많은 자기계발서가 있어서 자신에게 꼭 필요한 책을 만나기가 쉽지 않다. 그래서 자기계발서를 깎아내리고 인문서적을 높이 치는 사람들이 생기는 것은 어쩔 수 없는 일이다.

하지만 분명한 것은 좋은 책을 만나기 위해서는 그만큼 많은 책을 읽어야 한다. 자기계발서도 마찬가지다. 자신에게 꼭 필요한 책을 만나기 위해서라도 가급적 많이 읽어야 한다.

인문서적은 다양한 계층을 상대로 하지만, 자기계발서는 특정 집단을 상대로 하는 경향이 강하다. 그러다 보니 자기계발서는 가끔 특정집단과 의도를 달리하는 이들에게는 비판의 대상이 되기도 한다. 실례로 〈부자 아빠 가난한 아빠〉는 이윤을 추구하는 경제인은 최고의 책으로 평가하지만, 공동체정신을 추구하는 이들은 자신의 잇속만 챙기는 자본

주의의 전형적인 책으로 평가하기도 한다. 부동산투자 관련 책도 이윤을 추구하는 사람들에게는 성공의 길을 제시하는 텍스트이지만, 공동체정신을 추구하는 사람들에게는 수단과 방법을 가리지 않고 돈만 벌려는 이들의 탐욕을 부추기는 책으로 비칠 수 있다.

자기계발서는 인문학의 숲을 이루는 각각의 나무다. 인문학과 자기계발서를 이분법적으로 보는 태도는 잘못이다. 현재 인문고전의 대명사로 불리는 책들도 그 당시에는 처세를 위해서 꼭 배워야 할 자기계발서의 한 종류였다. 조선 시대의 논어와 맹자도 지금은 인문고전으로 평가받지만 그 당시에는 출세를 위해서 꼭 접해야 할 자기계발서의 한 종류였다.

온전한 숲을 이루기 위해서는 곧은 나무는 곧은 대로, 굽은 나무는 굽은 대로 조화를 이뤄야 한다. 현명한 사람이라면 굽은 나무는 굽은 대로, 곧은 나무는 곧은 대로 쓸 줄 아는 지혜를 갖춰야 한다.

지금 내가 쓰는 책은 인문의 숲에 나무 하나를 세우는 것과 같다. 내 나무를 어떻게 세워 숲과 조화를 이룰 것인가? 무엇보다 지금 자신에게 가장 잘 어울리는 모습이어야 한다. 언젠가는 인문고전으로 사랑받을 수 있는 책을 만들겠다는 사명감을 갖고 자신이 가장 잘 쓸 수 있는 이야기를 써야 한다.

나의 강점을 찾아라

자기계발서의 영역은 무궁무진하다. 고객응대법, 프레젠테이션 스킬, 시간관리 기술, 인맥관리법, 대화법, 도전의식, 독서활용법, 스피치

스킬 등등 사회활동에 필요한 모든 것이 다 자기계발서의 영역이다. 그러다 보니 우후죽순으로 쏟아져 나오는 함량미달의 책 때문에 자기계발서가 부정적인 평가를 받는 일이 생긴다.

"그 책이 그 책 같다."

"뻔한 이야기를 반복하며 우려먹고 있다."

이런 말을 듣지 않으려면 함량미달의 책이 되지 않도록 공을 들여야 한다. 독자에게 필요한 책을 내야 한다. 또한 기존의 책과 차별화를 시도해야 한다. 나만이 쓸 수 있는 새롭고 알찬 내용을 채워야 한다. 즉 독자들이 내 책에서만 얻을 수 있는 독창적인 정보를 담아야 한다.

일반적으로 자기계발서 유형에는 크게 다섯 가지가 있다.

1. 자서전형

성공한 사람이 스스로 자신의 성공 사례담을 들려준다. 저자가 이미 성공한 이력이 있어서 사람들에게 신뢰감을 준다. 성공한 사람은 뭔가 다르다는 것으로 강한 동기부여를 제공한다. 전교 꼴찌생의 명문대 합격비법, 버킷리스트로 성공신화를 써가는 젊은이의 이야기, 보험왕의 성공담으로 이뤄진 책 등이 여기에 속한다. 간혹 자서전과 무슨 차이가 있냐고 묻는 이들이 있다. 큰 차이는 없다. 굳이 차이가 있다면 자서전은 삶 전체를 다루는 것이고, 자기계발서는 특정분야와 관련된 업적에 초점을 맞춰 그 부분을 집중적으로 다룬다는 것뿐이다.

2. 위인전기형

성공한 사람의 성공사례담에 자신의 이론과 해석을 붙인다. 대중의 관심도가 높아 내용만 충실하면 성공할 확률이 높다. 〈스물일곱 이건희처럼〉, 〈여자라면 힐러리처럼〉의 저자 이지성은 무명 시기에 이와 같은 책을 두 권이나 쓰면서 베스트셀러 작가 반열에 올랐다. 그룹의 최고 책임자인 이건희 회장의 성공신화를 책으로 쓴다면 적어도 삼성그룹 차원에서 호응을 보일 것이라는 작전이 주효했고, 미국 역사상 최초로 여성 대통령이 될 가능성이 높은 힐러리의 삶을 그리면 수많은 여성들이 가만히 있지 않을 것이라는 예측이 맞아 떨어진 것이다. 물론 지금은 이런 책들이 우후죽순으로 쏟아져 나와 예전보다 메리트는 덜하지만 그래도 대상만 잘 선정하고, 자신의 독특한 이론과 해석을 결부시킨다면 좋은 결과를 얻을 수 있다. 〈예수의 리더십〉, 〈세종대왕 리더십〉, 〈이순신 장군 리더십〉 등과 같은 자신만의 콘텐츠를 개발할 수도 있다.

3. 편집자형

여러 사람의 사례나 좋은 글을 모아 엮는다. 저자라기보다는 엮은이가 맞다. 대표적으로 류시화가 있는데, 그는 출판계에게 최고의 기획자로 통한다. 그가 엮어 낸 책은 거의 베스트셀러를 차지했다. 내 책이라고 보기에는 그렇지만, 독특한 기획으로 좋은 내용을 엮어 낸다면 이것 또한 자신만의 독특한 콘텐츠로 활용할 수 있다.

4. 전문기술자형

전문가적 소양과 스펙이 필요하다. 유홍준의 〈나의 문화유산답사기〉가 대표적이다. 〈청춘아, 글쓰기를 잡아라〉도 이 유형에 속한다. 필자는 국어국문학과와 학습코칭을 전공했고, 독서논술지도사로 〈일독백서－기적의 독서법〉과 〈엄마와 아이를 바꾸는 기적의 글쓰기교실〉을 발간했다. 또한 독서와 글쓰기로 소통하는 시인으로 평생학습 현장에서 성인들을 상대로 글쓰기 강좌를 하고 있다. 글쓰기와 관련된 전문가적 소양과 스펙을 갖췄다. 아나운서와 쇼호스트 경력을 갖춘 사람이 화술과 관련한 책을 낸다면 더욱 신뢰를 받을 수 있다. 서비스 종사자들이 서비스에 관한 책을 내고, 조직의 실무자가 리더십에 관한 책을 낸다면 승산이 있다.

5. 수도자형

요즘 서점가를 강타하고 있는 성직자와 덕망 있는 지도층의 책이 여기에 속한다. 이들은 결혼해 본 적도 없는데 결혼, 육아, 고부 갈등에 대한 해답을 제시한다. 사회적으로 존경받는 성직자들이라 얼마든지 가능한 일이다. 잠언집이나 칼럼집, 수상록 등이 이 유형에 속한다.

어느 유형에 강점을 갖고 있는가?

자수성가했거나 성공사례가 있다면 그 삶 자체가 자기계발의 텍스트가 될 수 있으니 자서전형에 강점을 갖고 있는 것이다. 자서전을 쓰는 마음으로 당장 용기를 갖고 시도해 보자.

내성적인 성격에 꼼꼼하며 책 읽는 것을 좋아하고, 독서량이 많다면 위인전기형이나 편집자형에 강점이 있다. 그동안 읽었던 책의 정보를 활용해서 위인전 형식을 빌려 집필한다면 승산이 있다.

직업과 전공을 살리고 싶다면 전문기술자형에 강점이 있다. 내 직무와 관련된 일 중에서 자신만의 노하우를 전수하는 내용으로 주제를 정하는 것이 좋다.

성직에 몸담고 있거나, 단전호흡이나 요가, 기공수련과 같은 마음 수양을 하고 있다면 수도자형에 강점이 있다. 수양을 통해 마음을 비우며 얻은 건강비법이나 신앙생활을 하면서 특별히 겪었던 체험을 구체적으로 풀어가는 것이 좋다.

생각해 보자. 나의 강점은 어느 유형에 어울리는가? 그 강점을 찾아 나만의 이야기를 어떻게 써나갈 것인지 구상해 보자.

타깃을 분명히 하라
– 주제 정하기

　세상에는 다양한 사람이 있다. 아무리 좋은 책도 모든 사람을 다 만족시킬 수 없다. 더구나 사회구조가 다양해지면서 직업이나 이해관계에 따라 호불호가 명확히 갈라지는 경우가 많다. 예수님과 부처님도 필요성을 느끼지 못하거나 믿지 않는 이는 어찌할 도리가 없었다. 처음부터 너무 큰 욕심을 부리지 말자. 먼저 내 이야기를 절실히 필요로 하는 사람들을 찾아 그들에게 다가서자.

　타깃을 분명히 하는 것은 책을 내는 목적을 명확히 세우는 것이다. 글을 쓰는데 큰 도움이 될 뿐만 아니라, 출판시장에 가장 현실적으로 다가서는 길이다.

　우리에게 익숙한 대형서점의 풍경이다. 서점은 고객의 편의를 돕기 위해 인문, 자기계발, 실용, 가정생활, 여성, 청소년 등등으로 코너를

분류해 놓는다. 수없이 쏟아지는 책 중에 내 책이 어느 코너에서 어떤 독자의 눈에 띄기를 바라는가?

내 글을 가장 절실하게 필요로 하는 독자와 함께 하려면 먼저 그들을 명확한 타킷으로 삼아야 한다. 〈스무 살에 알았으면 좋았을 것들〉, 〈서른 살이 심리학에 묻다〉, 〈마흔, 논어를 읽어야 할 시간〉, 〈오십의 발견〉 등은 이미 제목만으로도 명확한 타킷을 드러내고 있다.

타킷을 명확히 했으면 이제부터 그들과 하나가 되어야 한다. 세대에 따라, 직종에 따라, 성별에 따라 그들의 입장이 되어 그들이 무엇을 요구하고, 무엇을 추구하는지 헤아려야 한다. 그들의 입장이 되어 과연 내가 그들이라면 어떤 책에 관심을 갖고 책값을 투자하겠는지 진지하게 고민해봐야 한다. 그 중에 내가 가장 잘 할 수 있는 것을 택해서 주제로 삼으면 된다.

주제를 찾기 위한 질문

1. 나의 핵심고객은 누구인가?

2. 그들이 가장 필요로 하는 것은 무엇인가?

3. 내가 그들에게 줄 수 있는 것은 무엇인가?

미씨로 벤치마킹하여 목차를 정하라
– 구성하기

일반적인 글쓰기의 과정은 ① 주제정하기, ② 소재 수집 및 선정, ③ 구성하기, ④ 집필하기, ⑤ 고쳐쓰기(퇴고) 순으로 이뤄진다.

하지만 책을 내기 위한 글쓰기는 구성하기를 한 다음에 자료수집을 하는 것이 좋다. 각 부분별로 필요한 자료수집을 더 쉽게 할 수 있기 때문이다. 물론 때에 따라서 구성하기와 자료수집은 동시에 이뤄질 수 있다. 어떨 때는 자료를 수집하는 과정에 구성하기가 이뤄질 수 있고, 구성하기를 하는 과정에 자료 수집이 이뤄질 수도 있다.

어쨌든 책쓰기에서 구성하기는 매우 중요하다. 구성하기 없이 글쓰기로 들어가면 갈피를 잡기도 어렵고, 시간이 갈수록 초심이 무뎌지질 때 포기하기가 쉽다.

구성하기를 잘 하려면 먼저 「로지컬 씽킹」(테루야하나코 외 지음)에서 이야기의 중복과 누락, 착오를 없애는 기술로 제시하는 MECE와 친해지는 것이 좋다. MECE는 Mutually Exclusive and Collectively Exhaustive의 약자로 각 항목들이 상호 배타적이지만 하나로 모였을 때 완전한 전체를 이루도록 하는 분류기법을 의미한다. 즉 상위항목과 하위항목을 나눌 때 '서로 겹치지 않으면서 빠짐없이 나눈 것'으로 해석할 수 있다. 쉽게 말하면 뭔가를 설명하거나 어떤 문제를 해결하기 위해 분류의 방법을 활용할 때 주의할 점이라고 생각하면 된다. 맥킨지가 개발한 이론으로 영어권에서는 '미씨'라고 읽는다.

미씨는 마케팅을 하는 사람들이 고객을 성별, 지역별, 주거별로 분류해서 관리하며 마케팅 전략을 펼치는데 유용하게 쓰인다. 인터넷의 지도검색으로 교통편을 찾으면 '자동차, 대중교통, 자전거, 도보'로 분류해서 설명하고 있는데 여기에도 논리적인 미씨의 분류법이 적절히 활용되어 있는 것이다.

좋은 책의 목차는 미씨에 의해 잘 짜여 있다. 목차의 상위항목과 하위항목이 서로 겹쳐 있지 않으면서 빠짐없이 나뉘어 있다. 남의 책을 볼 때는 쉽게 이뤄진 것 같지만 내 책을 쓰기 위해 목차를 구성하다 보면 뒤죽박죽 혼란이 올 때가 있다. 이때 좋은 책의 목차를 수집해서 미씨의 원리를 점검해 보면서 벤치마킹한다면 좀 더 쉽게 목차를 구성할 수 있다.

요즘은 인터넷에서 키워드로 주제를 검색하면 관련 책의 목차는 얼마든지 뽑을 수 있다. 그 중에 몇 권의 책에서 목차를 뽑아 정리해 놓고 역으로 미씨의 핵심을 짚어 보자.

> **MECE의 핵심**
> 1. 중복된 부분이 없는가?
> 2. 빠진 부분이 없는가?
> 3. 상하위 내용간에 인과관계가 있는가?

다음에 잘 나가는 책의 목차를 분석한 원리를 적용해서 내가 쓰고자 하는 책의 목차를 구성하기 위해 로직트리를 작성해보자.

로직트리는 논리적이고 효과적인 분석을 위해 주요 항목을 나뭇가지 형태로 분석하는 기술이다. 즉 미씨의 핵심인 서로 누락과 중복이 없도록 계통구조를 만들어 나가면서 전체를 한눈에 파악할 수 있도록 그림

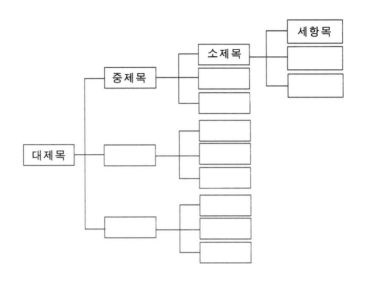

으로 그려보는 것이다.

　로직트리를 작성할 때 중요한 것은 동일한 위계에 놓인 항목들이 서로 배타적으로 중복되지 않게 하고, 하위의 항목을 빠짐없이 채워 나가는 것이다. 항목별로 중복된 것과 빠진 것이 없는지 살펴보고, 상하위 간의 인과관계를 따져봐야 한다.

　그 다음에 각 항목별로 중요도를 평가해서 순위에 따라 항목을 재배열하고, 각 항목을 한 문장으로 정리해 보자. 그러면 어느 새 내가 쓰고자 하는 책의 목차가 일목요연하게 완성되어 있는 모습을 보게 될 것이다.

　목차를 결정해서 구성하기를 마치면 책쓰기의 반은 이뤄진 것과 마찬가지다. 설사 소재와 자료를 수집하는 과정에서 보충하거나 수정할 항목을 생기면 미씨의 큰 틀이 훼손되지 않는 범위 내에서 채워 나가면 된다

서점과 인터넷 바다에 뛰어 들어라
- 자료 수집 및 선정하기

"이거 표절 아냐?"

"그 책이 그 책 같다."

일반 글쓰기는 출처가 불분명해도 웬만큼 넘어가는 경우가 많다. 하지만 책으로 엮을 때는 정말 조심해야 한다. 그동안 출처도 모르고 읽어온 글과 텔레비전이나 라디오와 같은 대중매체를 통해 알게 모르게 보고 들은 이야기도 책으로 쓰일 때는 저작권 문제에 휩쓸릴 수 있다.

저작권은 사후 70년 동안 보호를 받는다. 쉽게 말해 1945년 2월 16일, 일본 감옥에서 비참하게 최후를 맞이한 윤동주 시인의 모든 작품은 2014년 현재 저작권의 보호를 받기 때문에 마음대로 인용할 수 없다는 것이다. 물론 책을 냈는데 관심을 받지 못하고 사장된다면 문제가 없지만, 베스트셀러가 됐을 때 윤동주 시인의 후손이 저작권 소송을 한다면 책임을 져야 할 상황이다.

본인이 알고 하는 표절은 도의를 벗어난 것이기에 말할 필요도 없다. 하지만 현실에서는 본인도 모르게, 자기깐에는 심혈을 기울여 만든 작품인데 표절 시비에 휘말리는 경우가 많다. 인터넷과 대중매체의 발달로 출처가 불분명한 정보를 부지불식간에 인식하고 쓴 글이 표절시비에 빠지는 것이다. 모르고 했더라도 표절은 표절이다. 미리 살피지 못한 자신이 책임을 져야 한다.

그나마 표절시비는 책이 잘 나갈 때 일어난다. 대개 이런 책은 잘 나가기도 전에 짜깁기 책으로 오해 받을 수 있다. 기존에 비슷한 책이 있다면 아류의 이미지를 벗어날 수 없다. 얼마나 억울한 일이겠는가?

이런 잘못을 범하지 않으려면 대형서점을 찾거나 인터넷 검색을 통해 자료수집을 충분히 해야 한다. 그리고 계층, 세대, 직종을 망라하고 공통적으로 통하는 주제에 대한 자료는 모두 수집해 놓는 것이 좋다. 주제별로 묶어 놓고, 거기에 해당하는 구체적인 사례로 활용할 수 있다. 인용구나 사례로 활용하기 위해 출처는 반드시 기록해 놓아야 한다.

주제별로 꼭 선별해 놓으면 좋은 자료들

1. 블루오션과 관련된 내용들

: 자기계발 중에 최고의 동기부여가 블루오션이다. 블루오션을 개척한 사람들의 사례나, 앞으로 개척해야 할 블루오션의 세계를 다루는 사례들은 누구나 관심을 갖고 있다. 구체적인 사례 중심으로 선별해 둘 필요가 있다.

2. 소통과 관련된 내용들

: 인간관계에서 갈등의 주요 원인은 소통의 문제다. 계층, 세대, 성별을 망라하고 소통의 문제 때문에 괴로워하지 않는 이들은 없다. 따라서 소통의 기술을 다룬 각각의 사례들을 모아 놓으면 유용하게 활용할 수 있다.

3. 취업이나 창업에 관련된 내용들

: 당장 경제활동에 활용할 수 있으면 더욱 좋다. 취업이나 창업에 성공한 구체적인 사례들을 선별해 놓으면 좋다.

4. 가치관 형성에 관련된 내용들

: 왜 살아야 하는지, 삶의 정체성 때문에 흔들리는 이들에게 용기와 희망을 주는 다양한 사례를 모아 놓으면 좋다.

구체적인 사례를 중심으로 써라
– 표현하기

"책을 내고 싶은데 원고 좀 봐주세요."

출판사로부터 거절을 많이 당해 자비출판을 염두에 두고 원고를 보내온 저자가 있다. A4용지로 100장 분량인데 원고를 검토하는 데는 채 10분도 걸리지 않았다. 차례와 두세 쪽을 보면서 이 원고가 왜 많은 출판사로부터 거절을 당했는지 짐작할 수 있었다.

무엇보다 재미가 없어서 읽히지 않았다. 그래도 나름대로 손을 보면 책으로 낼 수 있지 않을까 인내를 갖고 살펴봤지만 도저히 손볼 엄두도 나지 않았다. 무엇보다 중요한 저자의 구체적인 경험이 보이지 않았다.

"이 책을 꼭 내셔야 합니까?"

전화를 받고 조심스럽게 말을 꺼냈다. 자비출판이라도 하겠다니 제목을 잘 정하고, 어떻게든지 책을 내주면 출판사는 이익을 챙길 수 있겠지만 솔직히 저자를 위해서 그럴 수 없었다. 이대로 책을 냈다가는 저자의 미천한 실력이 그대로 드러나기 때문이다.

"조만간 강좌가 시작돼서 꼭 필요한 책입니다. 1년 가까이 쓴 원고라 그냥 버리기도 좀 그렇고요, 어떻게 손 좀 봐서 책으로 낼 수 없겠습니까?"

차마 직설적으로 할 수 없어 돌려서 말을 했다.

"이 책을 통해서 독자들에게 전하고자 하는 메시지가 뭐죠?"

"그것은 원고에 다 나와 있지 않나요?"

"내용은 저도 알 수 있습니다. 하지만 제가 여쭙는 것은 책 내용이 아니라 독자에게 돈을 주고 사라고 할 수 있는 메시지가 뭐냐는 거죠."

"글쎄요, 그것까지는 생각해 보지 않아서…."

글쓰기 전에 생각해 봤어야 하는데 1년 가까이 공들인 것이 허사로 돌아갈 수밖에 없다.

"문장과 내용은 얼마든지 잡아 줄 수 있습니다. 하지만 재미가 없는 부분은 구체적인 사례로 제시해야 하는데 이 부분을 보태주실 수 있나요? 강의를 하면서 재미있게 풀어나가기 위해 활용했던 사례나 교수님께서 직접 겪었던 성공사례를 제시해서 재미있게 했으면 좋겠습니다."

출판사에는 교정·교열을 보는 전문가가 있다. 따라서 웬만한 문장이나 배열, 내용들은 보충해 나갈 수 있다. 하지만 아무리 뛰어난 전문가라도 손 볼 수 없는 것이 있다. 바로 구체적인 사례다. 다른 책에서 얼마든지 뽑아 보탤 수는 있지만 저자와 관련된 이야기가 없으면 무슨 의미가 있겠는가?

필자에게는 지금도 이런 글이 출간의뢰서와 함께 수없이 들어오고 있다. 저자에게는 미안하지만 이런 글에 일일이 적절한 피드백을 할 수가 없다. 바쁘기도 하지만 자칫 이런 글에 솔직한 피드백을 했다가 반감을 살 수 있기 때문이다. 출판사에 출간의뢰서를 보냈는데 아무런 연락이 없다면 혹시 내 원고도 이런 부류에 하나로 취급받고 있지는 않은지 점검해 봐야 한다.

이런 이들은 그나마 필자가 친분을 믿고 조심스럽게 들려준 다음과 같은 피드백에 귀를 기울여야 한다.

"꼭 필요하다면 판매용 책보다는 워크북으로 내면 어떨까요? 그리고 강의를 하면서 수강생들이 어떻게 반응을 보였는지, 그런 사례들을 계속 모아두셨으면 합니다. 그리고 나중에 그것들을 구체적인 사례로 제시해서 교수님만의 책을 만들 수 있도록 준비하셨으면 합니다."

자기계발서는 구체적인 사례를 중심으로 '나도 따라 하면 이렇게 해결할 수 있구나!'라는 믿음을 갖게 하는 것이 좋다. 사례는 최대한 내 책에만 담을 수 있는 나만의 경험담으로 제시하는 것이 좋다. 다른 책이나 간접경험담을 인용할 때도 최대한 자신의 이야기로 만들어 활용할 수 있어야 한다.

피드백을 받아라
– 고쳐쓰기

글을 쓰다 보면 자기 생각에 빠져드는 경우가 많다. 그래서 자신의 글은 스스로 점검하기 힘들다. 문장도 마찬가지다. 웬만한 전문가가 아니면 잘못된 문장을 일일이 잡아내기가 어렵다.

피드백이 중요한 이유다. 가급적 전문가의 피드백을 받는 것이 좋다. "모든 초고는 걸레다"라는 헤밍웨이의 말을 명심할 필요가 있다. 초고는 완전한 원고가 아니다. 아무에게나 초고를 보여 주었다 내용보다 문장에 대한 피드백만 받게 되면 괜히 상처를 받아 글쓰기 자체에 자신감마저 상실할 수 있다.

책을 내기 위한 원고는 제목과 목차부터 살펴야 한다. 독자는 제목과 목차를 보고 책을 구입할 것인지 말 것인지 판단한다. 그만큼 중요하다. 제일 먼저 인터넷 검색을 통해 비슷한 주제를 다룬 다양한 책을 검색해 보자. 어떤 제목과 목차로 독자의 눈을 사로잡을지 고민해 보자.

다음은 각 항목별로 주제문과 구체적인 사례가 적절히 활용되었는지 점검하자. 글을 쓸 때는 적합한 것 같은데 다시 한번 읽어 보면 인과관계가 안 맞거나, 뭔가 아귀가 맞지 않는 부분이 보인다. 과감히 생략하거나 다른 사례로 대체해야 한다.

문장 다듬기는 맨 마지막에 이뤄져야 할 일이다. 제목과 목차를 바꾸고, 항목별 사례가 적절한가를 다듬는 과정에서 원고는 크게 수정될 수 있다. 미리 다듬은 문장도 통째로 날려야 할 때가 있다. 최대한 헛수고를 줄이기 위해 문장 다듬기는 맨 마지막에 하는 것이 좋다.

TIP

자기계발서 쓰기

1. 나의 강점은 찾아라
2. 주제정하기
    - 타킷을 분명히 하라
3. 구성하기
    - 잘 나가는 책의 목차를 벤치마킹하라
4. 자료 수집 및 선정하기
    - 서점과 인터넷 바다에 뛰어 들어라
5. 표현하기
    - 구체적인 사례를 중심으로 써라
6. 고쳐쓰기
    - 패드백을 받아라

용기가 없다면 대중을 위해 글을 쓸 수 없다
-하이네

제3강

자서전 쓰기

나의 존재가치를 사회와 역사에 결부시키자
– 주제 정하기

인간은 사회적인 동물이다. 어떠한 형태로든 사회의 영향을 받고, 또 영향을 끼치며 산다. 따라서 자서전을 쓰기 위해 주제를 정하려면, 먼저 사회와 역사 속에서 새겨진 나의 존재가치를 찾아야 한다. 근 1세기 동안 펼쳐진 격동의 역사는 우리에게 무궁무진한 자서전의 글감을 제공한다.

"어르신들은 참 좋겠습니다. 80평생을 사시면서 인간이 역사에 기록할 수 있는 모든 일을 다 겪어 보셨으니."

"그게 무슨 말이유?"

"어렸을 땐 나라 뺏긴 백성으로 살아봤고, 젊었을 땐 동족상잔의 전쟁도 겪어 봤고, 뼈 빠지게 가난해서 보릿고개로 사랑하는 사람도 보내봤을 거잖아요. 어디 그뿐인가요? 배우지 못해 온갖 설움도 겪어봤고, 그래도 잘 살아 보자고 새마을운동에 앞장도 서봤고, 이제 이렇게 눈부신 경제성장도 겪어 보셨잖아요. 그러니 얼마나 쓸거리가 많아요. 요즘 젊은이들이 호강하는 줄 모른다고 잔소리 하는 것보다, 어르신들이 고생했던 삶을 그대로 전해주면 얼마나 좋겠어요? 그러니까 애들을 위해서라도 꼭 자서전은 써놓으셔야 하잖아요."

"그렇게 생각하니 말이 되네…."

"그러니까 쓸거리가 많으니 얼마나 좋아요. '질곡의 역사를 살아온 여인의 이야기', 이렇게 주제를 정하면 무슨 이야기든 다 쓸 수 있잖아요."

어르신들을 상대로 글쓰기 강좌에서 필자가 강조했던 말이다. '질곡의 역사를 살아온 여인의 이야기'라는 주제를 정하자, 그 다음부터는 일사천리였다. 어르신들이 써오는 이야기는 무엇 하나 질곡의 역사와 결부되지 않은 것이 없었다.

6.25난리에 인민군들이 와서 큰딸을 내놓으라고 하니 항아리에 숨었다가 나오니 물에 빠진 생쥐 같았네. 그런데 일주일도 안 돼 미군들이 와서 언니는 또 항아리에 들어가야 했네. 아버지가 시집이나 보내야겠다고 하니까 안 간다고 울던 언니도 그러면 미군에게 잡혀 갈 거야 하니 시집을 가는데 여기저기 부딪치는 미군이 무서워 수건을 쓰고 가마도 못 타고 걸어서 갔네. -「전쟁통 결혼식」 중에서

학교 교육을 받아 본 적이 없어 한글도 모르고 사시다 78세부터 한글을 배우셨다는 어르신이 80세에 쓴 글이다. 처음에는 무엇을 써야할지

모른다고 하더니, '질곡의 역사를 살아온 80평생'이라는 주제를 정했더니 술술 이야기를 풀어내기 시작했다.

이것은 어르신들만의 이야기가 아니다. 어느 시대를 살았건 자신이 살았던 시대가 역사의 격변기다. 그 중에 자신이 가장 중요하게 생각하는 부분과 자신의 삶의 궤적을 결부시키면 다 소중한 역사적 사료가 될 수 있다.

1970년대의 산업역군으로 살아온 00의 이야기.

1980년대 경제위기(IMF) 속에 00을 지킨 이야기.

2014년대의 5남매의 가장으로 살아가는 이야기.

인간 100세 시대를 여는 00의 이야기 등등….

이런 식으로 자신의 존재가치를 사회와 역사에 결부시키면 자서전을 통해 나타내고자 하는 주제의식을 명확히 정할 수 있다.

인생의 도표를 작성해 보자
– 소재 수집 및 선별하기

주제를 정했으면 소재를 구할 차례다. 가장 한국적인 것이 가장 세계적인 것이다. 사람은 누구나 새로운 것을 추구하고, 식상한 것에서 벗어나고 싶어한다. 사랑 이야기나, 음식 이야기는 세계 어디에나 있는 이야기다. 하지만 '춘향전'에서 다룬 사랑 이야기나, '대장금'에서 다룬 음식 이야기는 우리나라에만 있는 것이다. 세계인들이 '춘향전'과 '대장금'에 관심을 갖는 이유는 가장 한국적인 이야기를 담고 있기 때문이다.

자서전도 마찬가지다. 남들과 같은 이야기를 써서는 많은 이들의 관심과 사랑을 받을 수 없다. 가장 나다운 이야기를 써서, 가장 가까운 이들에게 사랑을 받을 수 있어야 한다. 그것이 곧 가장 사회적인 글로 사랑을 받을 수 있는 것이다.

가장 개인적인 소재를 찾기 위해서 먼저 시기별, 사건별, 주제별로 인생의 도표를 작성해 보자.

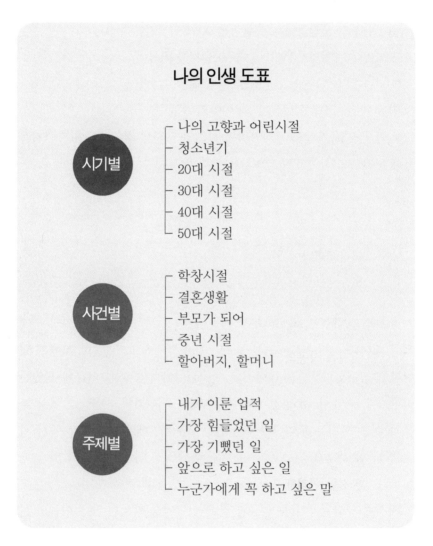

나의 인생 도표

시기별
- 나의 고향과 어린시절
- 청소년기
- 20대 시절
- 30대 시절
- 40대 시절
- 50대 시절

사건별
- 학창시절
- 결혼생활
- 부모가 되어
- 중년 시절
- 할아버지, 할머니

주제별
- 내가 이룬 업적
- 가장 힘들었던 일
- 가장 기뻤던 일
- 앞으로 하고 싶은 일
- 누군가에게 꼭 하고 싶은 말

주제에 맞춰 역순행 구조를 선택하자
- 구성하기

자서전은 일반적으로 일대기에 따라 구성한다. 언제, 어느 곳에서, 어느 집안의 몇째로 태어났고, 언제 학교에 들어갔고, 언제 결혼했고…. 시간적 구성이라고도 한다.

위인들의 자서전은 거의 다 이렇게 이뤄져 있다. 한 예로 〈프랭클린의 자서전(이계영 역, 김영사)〉의 차례를 보면 다음과 같다.

제1부 뉴저지 주지사 윌리엄 프랭클린에게
-1771년 세인트 아사프 교구 내 트위포드에서
집안배경
견습공 시절
필라델피아에 도착하여
도시생활의 이모저모
영국으로의 첫번째 여행
사업을 시작하다
첫번째 성공의 조짐

제2부 내 인생 이야기의 계속
-1784년 파리 근교 파시에서
파시에서
완전한 인격체가 되기 위해

　　프랭클린은 이미 사회적으로 업적을 인정받은 위인이다. 1706년에 태어나 미국의 독립을 위해 노력했던 정치가로 1776년 〈독립선언〉의 기초를 작성했고, 수많은 저술과 발명품을 만들어 낸 미국사에 없어서는 안 될 위인이다. 독자들은 프랭클린의 업적을 알고 있기 때문에 굳이 업적을 알기 위해 〈프랭클린 자서전〉을 볼 이유가 없다. 따라서 〈프랭클린 자서전〉에서는 독자의 관심을 끌 수 있는 사생활을 앞 부분에 배치하는 것이 좋은 방법이다.

　　하지만 업적이 알려진 유명인이 아니라면 구성을 달리 할 필요가 있다. 독자가 내 글에 관심을 갖게 하려면 그들이 제일 원하는 정보를 먼저 제시해야 한다. 그들은 내가 누구인지 모르기 때문에 언제, 어디서, 어떻게 태어났는가보다 '어떤 일을 했는지'에 더 관심을 가질 수밖에 없다. 따라서 이때는 업적 위주로 구성하는 것이 좋다. 이것을 역순행 구성이라 한다.

역순행 구성은 인과관계에 따라 이야기를 구성하는 방법이다. 프랭클린이 유명인이 아니었다면 그의 자서전도 업적을 중심으로 구성하는 것이 좋다. 예를 든다면 이런 식이다.

제1부
의회 대표로 영국에 활동하다(주요업적)
필라델피아 정치 이야기
식민지 외교사절
— 중략 —
제2부
필라델피아에 도착하여(사생활)
도시생활의 이모저모
견습공 시절
집안 배경
— 중략 —

물론 이것은 쉽지 않은 일이다. 처음부터 역순행 구성을 짜려면 괜히 복잡해지고 글쓰기를 시도하기조차 힘이 들 수 있다. 이럴 때는 먼저 시간적 구성을 짠 다음에 그것을 바탕으로 주제에 맞춰 역순행 구성으로 만들어 나가는 것이 좋다.

무엇을 맨 앞으로 배치할 것인가? 사람들이 어떻게 내 이야기를 끝까지 관심을 갖고 읽게 할 것인가? 가급적 앞 부분에 독자들이 책을 끝까지 읽을 수 있도록 동기를 부여하는 핵심 내용을 제시하고, 그 사건을 중심으로 흥미를 끌 수 있는 사례를 제시해 나가는 것이 좋다.

구체적으로 생생하게 쓰자
- 집필하기

"요즘 애들은 고생을 몰라."

"요즘 애들은 전쟁의 위험성을 몰라."

"요즘 애들은 끈기가 없어. 헝그리 정신이 필요해."

어른들은 주로 자신의 고생담을 들려주면서 젊은 세대에게 뭔가 의미 있는 메시지를 전하려 한다. 자서전 쓰기에서 가장 마이너스적인 요소다.

"요즘 젊은이들은 버릇이 없다."

기성세대가 수천 년 동안 해왔던 말이다. 기성세대는 경험을 통해 현재를 보지만, 젊은 세대는 현재를 통해 미래를 본다. 기성세대는 과거에 비교해 현재가 좋아졌다고 생각하지만, 젊은 세대는 미래를 보며 부족한 현재에 불만을 갖는다. 과거를 모르는 아이들에게 옛날 이야기를 하며 현재가 좋아졌다고 하는 말은 정말 무의미한 일이다.

자서전은 가르치려 하기보다 있는 그대로의 삶을 보여줌으로써 독자가 스스로 생각할 수 있도록 해야 한다.

① 가난한 집에 태어났고, 전쟁을 겪었고, 배울 기회를 놓쳤고, 글을 읽지도 못한 채 살아오면서 설움도 많이 겪었다. 그런데 요즘은 얼마나 좋은가? 마음만

먹으면 얼마든지 배울 수 있으니…. 세상 좋은 줄 모르는 아이들에게 내 이야기를 꼭 전해주고 싶다.

② 시골 농부의 9남매 중 맏딸로 태어나서 동생들을 업어 키우며 살아야 했다. 어느 날 학교에 다니라는 통지서가 집으로 왔다. 아버지는 마지못해 학교에 보내주었다. 학교에 들어간 지 3일이 되던 날 학교에서 봄소풍을 간다고 했다. 엄마는 소풍 도시락을 싸주면서 반찬이 없다며 소금을 넣어 주셨다. 그런데 점심 시간에 그 소금이 바람에 날라 가서 반찬도 없이 맨밥을 먹어야 했다. 그것이 내가 어렸을 때 다녔던 학교생활의 마지막 추억이다.

소풍을 갔다 온 이틀 후에 아버지는 학교를 그만 두라고 하셨다. 집에 밥할 사람도 없으니, 남동생 돌보라고 하시며 학교를 못 가게 하신 것이다. 나는 하늘이 무너지는 것 같았다. 공부를 할 수 없어서 동생들이 너무나 미웠다. 특히 남동생은 더욱 미웠다.

그렇게 학교도 다니지 못하다가 열여덟 살에 결혼을 했다. 두 아들을 낳고 살다 남편은 군대를 갔다. 나는 남편이 제대할 때까지 혼자 애들을 키우며 살림을 해야 했다. 땔감을 구하기 위해 도끼질을 했고, 소금을 구하기 위해 지게짐을 지고 산고개를 넘어 다녀야 했다.

①은 70을 앞둔 분이 처음에 써 온 글이다. ②는 글쓰기 과정을 거치면서 있는 그대로 보여주는 식으로 쓴 글이다. 구체적으로 쓰니까 읽는 재미도 있고, 독자가 스스로 생각하게 만드는 힘을 갖고 있다. 구체적인 글쓰기가 갖는 힘이다.

글은 생생하게 구체적으로 써야 한다. 물론 쉬운 일이 아니다. 자신의 이야기를 표현하는 과정에서 치부가 드러날 수도 있고, 자신도 모르게 슬픈 기억에 빠져 눈물을 참을 수 없을 때도 있다. 이 시점이 바로 글쓰기 과정에서 만나는 치유와 힐링의 과정이다. 글쓰기를 포기하고 싶은 생각이 밀려오는 시점이다. 이때 포기하면 글쓰기는 더욱 어려워 진다. 끝까지 밀어 붙여야 한다.

그래서? 무엇을? 남길지 점검하자
– 고쳐쓰기

'그래서?'

'무엇을?'

자서전을 써서 얻으려는 것은 무엇인가?

매우 중요한 질문이다. 간혹 자서전을 자기중심적으로 써서 남에게 상처를 주는 경우가 있다. 본인 입장에서는 억울하고 상처를 받았던 기억일지 모르지만, 제3자의 입장에서는 그 모습이 더 안 좋아 보인다. 자신을 변명하기 위해 쓴 내용이 오히려 자신을 깎아 내리는 행위를 한 것이다.

고쳐쓰기를 할 때는 이것을 통해 얻으려고 하는 것이 무엇인지 점검해 봐야 한다. 한 권의 책이 세상에 나오면 내 의도와 다르게 해석될 수 있다. 고쳐쓰기는 이 점을 염두에 두고 자칫 자신의 의도와 다르게 해석될 수 있는 부분을 점검해야 한다. 특히 주변 사람을 깎아 내리거나 지나치게 자신의 치부를 드러낸 부분은 심사숙고해서 세심하게 다듬어 나가야 한다.

TIP

자서전 쓰기

1. 주제 정하기
– 내가 가장 내세울 수 있는 업적은 무엇인가?

2. 소재 수집 및 선별하기
– 인생도표 작성하기

3. 구성하기
– 주제에 맞춰 역순행 구조로

4. 집필하기
– 이야기를 들려주듯이 구체적으로 쓰자

5. 고쳐쓰기
– 그래서? 무엇을? 남길 것인가?

문명의 부작용을 의식하며 써라

SNS 글쓰기

이메일 쓰기

제4강

SNS 글쓰기

블루오션의 바다로 뛰어 들자

B사의 정 대표는 2013년 신제품 출시를 앞두고 홍보방안을 고심해 왔다. 제품에는 자신이 있었지만 종업원 20여명 남짓한 중소기업 입장에서 방송, 언론 등 일반 매체를 통한 홍보방식을 추진하는 것이 쉽지 않았기 때문이다. 그가 선택한 방법은 SNS를 이용하는 것이었다. 이를 통해 신제품 출시 초기 수개월 만에 상품에 대한 인지도를 크게 높이고, 전년도 매출에 육박하는 성공을 거두게 됐다.

- 2013. 8. 15. '한국경제신문' 중에서

SNS는 이제 시대의 대세다. 개인과 개인의 소통공간뿐만 아니라, 이제 기업홍보의 공간으로 자리 잡았다. 글쓰기도 이제는 SNS을 떼어놓고 생각할 수 없는 시대가 되었다. SNS에서 먼저 검증을 받은 글을 책으로 엮은 베스트셀러도 많다.

미국 최초의 흑인 대통령인 버락 오바마는 선거에서 트위터를 이용한 홍보 효과를 톡톡히 보았다. 2010년에 트위터 대통령이라는 칭호까지 받았던 소설가 이외수는 트위터에 BBQ 치킨을 한 달에 네 번 정도 언급해 주는 것으로, 트위터 홍보로 상승되는 매출의 1%와 매월 천만 원을 받을 정도였다.

SNS는 21세기의 신대륙이자 블루오션의 보물창고이다. 지금 이 순간에도 누구보다 앞서 SNS라는 신대륙을 향해하는 사람들이 세계화 시대를 선도하고 있다. 소비의 패턴도 SNS를 통해 거대한 시장을 형성하고 있으며 앞으로 더욱 심화될 것이다.

요즘의 소비행태를 생각해 보라. 시장에 나가서 매장을 둘러보며 상품을 확인하고, 구매는 집에 돌아와 인터넷 쇼핑몰을 활용한다. 훨씬 저렴한 가격으로 구입할 수 있기 때문이다. SNS의 세계를 모르고 시장의 비싼 임대료를 주고 매장에서만 고객을 기다리는 사람들은 자신들이 사실상 인터넷 쇼핑몰의 전시장 구실을 하고 있다는 것을 알고 하루라도 빨리 탈출구를 찾아야 한다.

"사람들은 조만간 얼마나 많은 직업이 SW봇에 의해 대체될지 모르고 있다. 20년 안에 수많은 직업들이 SW자동화에 의해 사라질 것이다. 운전사, 웨이터, 간호사 등은 특히 기교를 덜 필요로 하는 부분에서 이런 현상이 생길 것이다. 지금부터 20년이 지나면 많은 기교를 요하는 노동수요는 실질적으로 더 줄어들 것이다. 사람들은 이런 일이 일어나리라고 생각하는 것 같지 않다."

빌 게이츠는 SW자동화가 가져올 거대한 노동시장 변화를 예언하면서 세계인에게 강력한 메시지를 던졌다. 20년 안에 현재 직업의 47% 정도는 로봇이 차지할 것으로 전망했다.

SNS는 이제 선택사항이 아니다. 생존의 문제가 걸린 필수사항이다. 조금이라도 빨리 뛰어들면 블루오션의 세계를 찾을 수 있지만, 현재에 안주하다가는 언제 도태될지 모른다.

지금 당장 생존경쟁에서 살아남기 위해서라도 블루오션의 바다인 SNS의 세계로 뛰어 들어야 한다.

프로의 자질 세 가지를 챙기자

초짜들은 상품 홍보에만 매달리지만, 프로들은 먼저 이미지를 부각시킨다. 프로는 개별 상품보다 기업의 이미지를 높이는 홍보를 하는 것이 상품의 가치를 높이는데 더 효과적이라는 것을 잘 알고 있다. 아무리 좋은 상품을 개발해도 기업 이미지를 손상하면 더 큰 것을 잃는다는 것을 잘 알기 때문이다.

SNS 공간에도 초짜와 프로의 차이가 확연하게 드러난다. 초짜는 익명으로 자신을 감추거나, 또는 지나치게 자신을 포장해서 드러내는 경향을 보인다. 하지만 프로는 실명을 사용하면서 자신의 직업과 전문성을 부각시킨다. 초짜는 직접적으로 자신을 홍보하지만, 프로는 은근히 인간적인 약점도 노출하면서 자신의 브랜드 가치를 높여나간다. 초짜는 눈앞의 상품에 연연하지만, 프로는 자신의 브랜드 가치를 높이는데 초점을 맞춘다.

SNS를 블루오션의 개척지로 잘 활용하는 프로는 SNS 공간에서도 주인공으로 살아가지만, 특별한 계획 없이 남을 따라 하는 사람들은 여기에서도 들러리로 연명할 수밖에 없다.

SNS 공간에서 들러리가 아닌 주인공으로 서려면 먼저 확실한 목표를 세워야 한다. 단순히 심심풀이 공간으로 삼는 것이 아니라 이왕이면 자신의 블루오션을 발굴하고, 자신의 브랜드 가치를 드러내는 공간으로 활용할 줄 알아야 한다.

SNS를 시작하기 전에 먼저 프로의 자격을 갖추자. 적어도 프로가 되기 위한 세 가지 조건은 항상 챙겨보자.

첫째, 자신의 전문성을 부각시키는 핵심주제를 찾아야 한다. 가장 잘할 수 있는, 남들보다 경쟁력을 갖추고 있는 것이 무엇인지 찾아야 한다. ① 직장생활을 오래했다면 직장생활을 오래할 수 있었던 노하우를 핵심주제로 삼아도 좋다. ② 인사과에서, 또는 관리과에서 근무했다면 그곳에서 체험했던 사례를 중심으로 자신만이 글로 옮길 수 있는 것들을 핵심주제로 정하면 좋다. ③ 아직 직장이 없다면 자신이 원하는 직장에서 필요로 하는 능력을 개발하는 과정을 핵심주제로 정하는 것이 좋다. 그리고 그것으로 자신의 브랜드 이미지를 쌓아갈 수 있도록 해야 한다. 간혹 개인사를 노출하더라도, 사회적인 문제에 대한 의견을 개진하더라도, 자신의 브랜드 가치를 훼손하지 않는 범위로 한정해야 한다.

둘째, 자신만의 구체적인 사례를 중심으로 채워나가야 한다. 그래야 나중에 SNS에 쓴 글을 묶어서 책이라도 낼 수 있다. 추상적으로 쓴 글은 나중에 함께 모아 놓으면 특색 없는 글이 될 확률이 높다. 낱개로 떼어 놓으면 그럴듯한 내용이어도 책으로 엮으려 하면 재미없는 글이 되

인터넷 검색으로 누구나 다 아는 이야기보다
오로지 나만이 쓸 수 있는 나만의 이야기를 써라.

고 만다. SNS에서 구축한 개인 브랜드를 이용한 책쓰기를 염두에 두고 특히 신경을 써야 할 부분이다.

셋째, 자신의 SNS 공간을 퍼온 글로 채우지 말아야 한다. 퍼온 글로 장식하는 것은 그만큼 자신이 비전문적이라는 것을 스스로 드러내는 꼴이다. 핵심주제에 꼭 필요한 자료를 모아두기 위해 퍼오는 것은 어쩔 수 없겠지만 심심풀이나 막연하게 방문객을 늘리기 위해 퍼온 것이라면 지금이라도 적절하게 관리해 나가야 한다. 왜 자신이 주인공이 되지 못하고 남의 글을 퍼다 홍보해주는 들러리로 서려 하는가?

모든 글은 책임이 따른다는 것을 명심하자

세상의 모든 것은 장점이 있으면 반드시 단점도 있다. 따라서 SNS를 시작할 때도 반드시 장점과 단점을 골고루 살펴야 한다. 단점을 챙기지 못하고 장점에만 취해 있다가는 자신의 의도와 관계없이 피해를 볼 수밖에 없다.

SNS로 맺어진 친구 때문에 스트레스를 받는 경우가 많다. 특히 직장 상사나 동료, 거래처 관계자가 친구로 있는 SNS로 인해 사생활이 침해를 받아 곤란을 겪는 이들이 자주 발생한다.

하지만 SNS 때문에 스트레스를 받는다면 세상을 잘못 살고 있는 것은 아닌가 반성해 봐야 한다. 어차피 SNS가 아니라도 만나야 할 사람이 아니던가? 오히려 상사나 동료, 거래처 관계자가 친구로 등록되어 있다면 SNS를 통해 친밀도를 높이는 소통의 공간으로 활용할 수 있어야 한다.

SNS는 결코 비밀 공간이 될 수 없다. SNS의 단점을 제대로 인식하지 못한 사람들이 공개되면 안 될 이야기를 썼다가 곤경에 처하는 것이다. 이것은 SNS만 아니라 모든 글쓰기와 연관이 있다. 이 세상의 모든 글은 설사 비밀 일기장이라도 반드시 그에 따른 책임을 염두에 두어야 한다. 설사 치유의 글쓰기라 해도 이 점은 각별히 주의를 기울여야 한다. 공감대를 형성하지 않고 섣불리 상처를 드러내는 글을 썼다가 그것으로 인해 더 큰 상처를 받는 경우가 많다.

SNS 글쓰기는 더 말할 것도 없다. 자신의 글에 더 큰 책임이 따른다. 직장 상사나 동료가 친구라는 것은 더 좋은 일일 수 있다. 적어도 그들을 의식하고 글을 쓴다면 아무 생각 없이 글을 올리는 것보다 피해를 최소화 할 수 있다.

간접 칭찬의 공간으로 활용하자

SNS의 최고 장점은 소통의 공간이라는 것이다. 소통을 잘 하는 사람은 말만 잘하거나, 혹은 글만 잘 쓰는 사람이 아니다. 사람의 마음을 얻기 위해서 무엇을 해야 하는지 잘 아는 사람이 소통을 잘 한다.

소통을 잘하는 사람이 상대의 마음을 얻기 위해 가장 중요하다고 생각하는 것은 칭찬이다. 칭찬은 앞에서 하는 것도 좋지만, 없는 데서 하는 것이 더 좋다. 그리고 공개적으로 하는 칭찬이 최고의 칭찬이다.

역지사지로 생각해 보자. 어떤 칭찬이 가장 기분 좋은가? 면전에서 말로 듣는 칭찬은 자칫 아부로 느껴져 불편할 수도 있다. 하지만 내가 없는 자리에서 누군가 공개적으로 칭찬했다는 말을 들으면 어떤가? 칭찬의 기술 중에 상대의 마음을 얻기 위한 가장 좋은 방법으로 없는 곳에서 진심을 담아 칭찬을 하라는 말이 있다.

SNS는 바로 간접 칭찬의 효과를 극대화 시킬 수 있는 공간이다. 물론 진심을 담아야 하지만, 설사 진심이 아니더라도 열린 공간에서 누군가를 칭찬하면 그 효과는 금방 느껴진다. SNS에 직장 상사나 동료가 친구라면 이를 잘 활용해서 간접 칭찬을 자주하면 그들의 마음을 금방 사로잡을 수 있다.

피할 수 없으면 즐겨야 한다. SNS를 통해 직장 상사나 동료가 친구여서 스트레스를 받을 것이 아니라 오히려 그들의 마음을 얻을 수 있는 기회의 공간으로 여겨야 한다.

시대의 흐름을 선도하자

SNS의 변화주기는 정말 빠르다. 후발 주자가 선발 주자의 단점을 보완해 가면서 급속도로 시장을 잠식해 나가는 패턴이 반복되고 있다.

싸이월드는 나이와 학력 등에 맞는 정보를 입력하면 금방 친구를 맺을 수 있었고, 사진이나 다양한 글들을 보며 메시지를 남길 수 있어 초반에 큰 인기를 끌었다. 하지만 폐쇄적인 커뮤니케이션의 중점을 둔 것이 단점으로 작용하며 후발 주자인 페이스북에 밀리기 시작했다.

페이스북은 모든 내용을 전체 공개로 하면서 개방적인 공간으로 열어 놓았다. 관심사가 비슷한 사람이라면 전 세계인을 상대로 누구든 친구를 맺을 수 있는 장점이 부각되었다. 싸이월드의 단점을 보완하면서 급속도로 성장했다.

트위터는 140자 이내로 짧은 글로 소통한다는 장점이 부각되어 급속도로 확장되었지만, 이내 사진이나 동영상 같은 자료를 공유할 수 없다는 단점을 극복하지 못하고 후발주자에게 밀리고 있다.

최근에는 카카오스토리가 대세로 자리를 잡고 있다. 스마트폰의 무료 문자 서비스인 '카카이톡'이 인기를 끌면서 연동 서비스인 '카카오스토리'가 페이스북의 단점을 보완하면서 새로운 강자로 부각된 것이다.

이것도 언제 바뀔지 모른다. SNS를 통한 사생활 노출에 대한 부정적인 면이 부각되면서 사람들이 다시 폐쇄적인 공간으로 이동하고 있다. 그동안 액정이 작은 스마트폰으로 활용하기에 불편했던 인터넷의 카페나 블로그의 단점을 보완한 '밴드'로 스마트폰 사용자들이 몰려들고 있다.

시대의 흐름을 따라 잡는다는 것은 쉽지 않은 일이다. 카페와 블로그를 운영하다가 페이스북으로, 카카오스토리로, 밴드로 갈아 탄다는 것만큼 번거로운 일도 없다.

하지만 어쩔 것인가? 한눈 팔다가 낙오되기 십상이다. 항상 관심을 갖고 시대의 흐름을 선도하는 자리에 서야 한다.

TIP

SNS 글쓰기

1. 블루오션의 바다로 뛰어 들자
2. 프로의 자질 세 가지를 챙기자
   1) 전문성을 부각시키는 핵심주제를 찾자
   2) 자신만의 구체적인 사례를 찾자
   3) 퍼온 글로 채우지 말자
3. 모든 글은 책임이 따른다는 것을 명심하자
4. 간접 칭찬의 효과를 활용하자
5. 시대의 흐름을 선도하자

제5강

이메일 쓰기

이메일 결코 사소하게 여기지 말자

세계적인 비즈니스 커뮤니케이션 컨설턴트인 바버라 패치터는 〈사소한 습관의 힘〉이라는 책에서 사람들이 사소하다고 생각하지만 결코 사소하지 않은 48가지를 제시했다.

'프로와 아마추어는 이메일 쓰는 법도 다르다'는 장에서 이메일 쓰기가 결코 사소하지 않다는 것을 다루면서 글쓰기 실력이 성공의 열쇠를 쥐고 있다고 강조한다.

이메일이 업무에서 차지하는 비중은 매우 크다. 거의 모든 보고서와 참조사항, 조직이나 상사의 지시사항 등이 메일을 통해 전달된다. 그런 과정에서 조심성 없이 상사에 대한 불만의 글을 썼다가 불이익을 당하기도 한다. 스팸 메일인 줄 알고 무심코 지워버린 이메일에 중요한 지시 사항이 담겨 있다는 것을 알지 못하고 자신과 조직에 큰 해를 끼치는 경우도 있다.

이메일, 결코 사소하게 여겨서는 안 된다. 매순간 이메일 보내기를 클릭할 때마다 신중하게 접근해야 한다.

받는 이의 편의를 고려하자

이메일은 편지의 다른 이름이다. 예전에는 우체부가 전달하던 것을 이제 인터넷 통신망이 전달할 뿐이지 발신자와 수신자의 관계는 변하지 않았다.

편지는 먼저 마음부터 열어야 한다. 아무리 잘 쓴 글도 마음을 열지 못하면 제 기능을 발휘할 수 없다.

직장인이라면 하루에도 수십 통의 이메일을 주고 받는다. 그 중에는 어쩌다 명함을 주고 받은 사람에게서 온 것도 있고, 업무와 전혀 관계없는 스팸일 수도 있다.

따라서 메일을 보낼 때는 아무리 친분이 있는 사람이라도 받는 이의 편의를 최대한 고려해야 한다. 메일 제목만 보고서도 누가 보냈는지, 핵심 내용이 무엇인지, 왜 꼭 읽어야 하는지 한눈에 알아볼 수 있게 해줘야 한다.

① 제목으로 내용을 짐작할 수 있게 하자

시간에 쫓기는 사람이라도 꼭 클릭해야만 할 필요성을 심어줘야 한다. 또한 이메일은 나중에 다시 찾아 봐야 하는 경우가 생긴다. 업무와 관련된 항목을 담고 있는 제목이라면 제목 검색만으로 금방 찾을 있지만, '안녕하세요, 어쩌고~ 저쩌고~' 라는 군말이 붙은 제목은 일일이 클릭을 하게 만드는 번거로움을 준다. 따라서 제목에 꼭 필요한 항목을 넣어서 제목만으로 내용을 짐작할 수 있게 해야 한다.

② 제목에 신분을 밝혀 누가 보냈는지 알 수 있게 하자

메일을 보낼 때면 항상 내 메일은 상대방의 수많은 메일함에서 선택 받기를 기다리는 후보 중에 하나라는 것을 알아야 한다. 수신자가 윗사람이라면 더 말할 것도 없지만, 설사 아랫사람이라 할지라도 내가 신분을 드러내지 않으면 그냥 스팸함이나 휴지통으로 버려질 수 있다는 것을 명심하자. 수신자가 나중에 검색할 때 발신자의 이름만으로도 금방 찾아 볼 수 있도록 배려하는 마음을 담아야 한다.

③ 메일 주소를 철저하게 확인하자

단체 메일을 보낼 때는 특히 호칭에 신경을 써야 한다. 만약에 직장 상사가 자신에게 잘못 보낸 부하직원의 메일을 본다면 어떤 생각을 할까? 사소한 실수 하나가 상사의 불신을 불러 일으킬 수 있다.

④ 자료는 가급적 메일 뒤에 붙여주자

꼭 필요한 경우에는 핸드폰 메시지로도 첨부 사실을 확인해 주자. 그렇지 않으면 그냥 스팸메일로 쌓일 확률이 높다.

⑤ 통신언어나 속어는 신중하게 사용하자

친근감을 표시하기 위한 것일지라도 그것을 받아 들이지 못하는 사람을 만나면 기분을 상하게 할 수 있다.

쓰기만 하면 읽어 줄 것이라 착각하지 말라.
오로지 간택을 바라는 마음으로 써라.

간결하고 쉬운 말을 사용하자

뛰어난 전문가는 전문용어를 사용하지 않고 일반인들도 쉽게 이해할 수 있는 말을 사용한다. 간혹 전문가 티를 내며 정제되지 않은 전문용어를 사용하는 사람들을 보는데, 이것은 골방에서 혼자 중얼거리는 것만도 못한 결과를 가져 온다. 전문용어를 남발하며 자신만 알아듣는 말을 구사하는 것은 상대를 배려하지 않는 자신의 성품을 공개하는 것과 같다.

상대는 이메일 자체를 읽어보지도 않고 휴지통으로 보내거나, 설사 읽는다 하더라도 이메일을 보낸 사람을 향해 불만을 가질 수밖에 없다. 꼭 필요한 이메일인데 글이 어려워 쉽게 읽히지 않는다면 짜증이 올라오는 것은 어쩔 수 없다. 이 점을 항상 염두에 두고 상대에게 짜증의 대상이 되지 않도록 배려해야 한다.

이메일의 본래 목적은 원활한 소통이다. 이메일 쓰기에서 쉬운 말을 사용하는 것은 상대에 대한 배려이자, 의사소통의 기본을 지키는 것이다.

이메일 계정이나 아이디에 신경 쓰자

간난이, 언년이, 서운이, 마당쇠, 돌쇠, 돌석이….

생각해 보자. 이런 이름을 들었을 때 무슨 생각이 드는가? 괜히 안쓰럽고 속된 말로 근본이 없는 천민 집안의 후손일 거라는 생각이 들지 않는가?

이름은 자신에게 미치는 영향이 매우 크다. 어렸을 때 이름 때문에 안 좋은 별명을 가져본 사람은 안다. 그 별명이 얼마나 자신을 비참하게 만들었는지…. 그런데 어떻게 이메일 이름을 함부로 지을 수 있단 말인가?

이메일 계정이나 아이디의 중요성을 인식하지 못하는 사람들이 많다. 이메일을 받았는데 아이디가 'munjea(문제아)'라면 어떻게 생각하겠는가? '꼬맹이(komangi)'는 어떤가? 'guiyomi(귀요미)'도 마찬가지다. 사적인 공간에서 쓰는 이메일이라면 그나마 봐줄 수 있을지 몰라도, 직장 상사나 거래처에 이런 아이디로 메일을 보낸다면 아마추어 취급을 당하기 십상이다. 또한 이런 아이디들은 스팸 필터에 걸릴 확률이 높다.

가장 좋은 것은 실명을 아이디로 쓰는 것이지만, 워낙 같은 이름이 많아 특이한 이름이 아니면 실명으로 만들기란 쉽지 않다. 경우에 따라서는 실명 뒤에 자신만의 고유숫자를 붙이는 것도 좋은 방법이다. 가급적 업무용으로 쓸 때는 실명 아이디를 활용하는 것이 좋다.

이름이 운명을 좌우한다. 선조들은 이름이 개천에서 용도 만든다고 믿어 아이가 태어나면 심사숙고해서 이름을 지어 주었다. 결혼 후에는 자(字)라는 이름으로 본명 외에 이름을 지어 주었고, 나이가 들어서는 사람들이 본명이나 자 외에 흉허물 없이 부를 수 있는 호(號)를 지었다. 지금도 문인이나 학자, 예술가들은 호를 지어 이름 대신 활용하고 있다. 그들은 한결같이 자와 호에 삶의 신조를 담거나, 자신이 세상에 의미있는 존재로 남고 싶다는 소망을 담았다. 율곡 이이, 퇴계 이황, 다산 정약용, 백범 김구 같은 분들이 대표적인 예이다.

이메일 계정이나 아이디는 옛 사람들이 활용했던 자나 호와 크게 다르지 않다. 사람들은 이미 이메일 계정이나 아이디를 통해 나의 전문성과 이미지를 떠올릴 수 있다. 결코 간단하게 생각할 일이 아니다.

지금이라도 다시 한번 이메일 계정과 아이디를 살펴보자. 과연 내가 맡고 있는 직책, 또는 앞으로 하고자 하는 일과 얼마나 연관성이 있는가? 가급적 내가 하고 있는 일의 전문성을 드러내는 뜻을 담은 이름으로 이메일 계정이나 아이디를 바꿔야 한다.

연역식으로 작성하자

모든 글이 다 그렇지만 이메일은 특히 제목과 서두 부분이 중요하다. 아무리 좋은 내용을 담았더라도 서두에 핵심을 제시하지 못하면 바로 휴지통으로 들어갈 수 있다.

이메일의 내용이 긴 경우에는 앞 부분에 요약본을 제시해야 한다. 수신자는 내용이 길면 읽어보지도 않을 확률이 높다. 첨부파일을 보낼 때도 마찬가지다. 아무리 중요한 내용이라도 첨부파일은 다운을 받아야 하는 번거로움이 따르기 때문에 중요한 내용이 아닌 것 같으면 그냥 넘어갈 수 있다.

반드시 이메일로 핵심을 요약해 보내는 것이 좋다. 어떻게든지 수신자가 첨부파일을 클릭할 수 있도록 동기부여를 제공해야 한다.

부정적인 내용은 쓰지 말자

말로 한 약속은 녹음이 되지 않는 이상 법적 효력이 없지만, 글로 기록된 것은 법적 효력이 크다. 각종 재판에서 이메일이나 문자메시지가 중요한 증거자료로 활용되는 것을 보면 글이 갖는 법적 구속력은 거의 절대적이다.

따라서 이메일에는 누군가에게 보여 주고 싶지 않은 내용이나 이야기는 절대로 담지 말아야 한다. 이메일의 내용은 어떻게든지 상대에게 전해지기 마련이다. 설사 당사자에게 직접 들어가지 않더라도 누군가에게 그런 글을 보낸 만큼 자신의 마음이 불안해지기 마련이어서 당사자를 만날 때마다 자신이 스스로 움츠려 들 수밖에 없다.

이메일은 법적 구속력이 강한 글이다. 다른 사람의 감정을 건드리거나, 안 좋은 이야기를 담는다면 그것은 엄청난 후과를 불러일으킬 수 있다. 말로 준 상처는 이야기를 나누며 변명한 틈이라도 있지만, 글로 준 상처는 빼도 박도 못하는 증거물이 되어 내게 부메랑으로 돌아온다. 부정적인 내용은 이메일로 쓰지 말아야 한다.

TIP

이메일 쓰기

1. 이메일 사소하게 여기지 말자
2. 받는 이의 편의를 고려하자
3. 이메일 계정이나 아이디 신경 쓰자
   1) 연관되는 이메일 계정 만들기
   2) 부정적인 아이디 사용하지 않기
4. 연역식으로 작성하자
5. 부정적인 내용은 쓰지 말자

3 SECTION

생활 속의 지혜를 담아라

수필쓰기

독서감상문 쓰기

제6강

수필쓰기

주제를 정하고 나만의 사례를 제시하자

"아빠, 과학에 관한 글을 써오라고 하는데 어떻게 하면 좋지?"

초등학교 4학년인 딸이 과학의 날을 맞아 과제가 주어졌다고 고민을 털어 놓았다. 얼른 아이에게 되물었다.

"그래? 네가 쓰고 싶은 이야기는 뭐가 있는데?"

"뭘 쓰면 좋을까?"

"그래? 그럼 과학의 날을 맞아 다른 사람은 쓸 수 없고, 너만 쓸 수 있는 이야기를 찾아보면 어떨까?"

"……?"

아이는 잠시 생각에 빠지더니 답답해하기 시작했다. 그 모습이 안쓰러워 슬쩍 대화를 시도했다.

"지금까지 인간이 생각한 것은 거의 다 발명이 되었잖아. 그렇다면 앞으로 더 발명할 것이 있다면 뭐가 있을까? 또는 네가 꼭 발명되었으면 하는 것이 있으면 뭐가 있을까?"

"타임머신."

"왜?"

"그러면 타임머신을 타고 들어가서 엄마를 살리고 싶거든."

딸은 1년 전에 죽은 엄마를 생각하며 금세 눈물을 글썽이기 시작했다. 딸의 상처를 어떻게든지 풀어줘야 한다고 생각해서 눈물을 흘리더라도 계속 그 생각을 이어가도록 해야겠다고 생각했다.

"그래? 그러면 그것을 써보면 어떨까?"

"아빠, 과연 타임머신을 만들 수 있을까?"

"너는 어떻게 생각하는데?"

"나는 불가능할 거라고 생각해. 친구들도 그렇게 말하고."

그 말을 듣고 필자는 잠시 대화의 주제를 돌려 보았다.

"옛날에 하늘을 나는 기계가 만들어 질 거라고 생각한 사람이 얼마나 될까? 달나라 여행을 할 수 있다고 생각한 사람은? 또 우주여행을 할 수 있다고 생각한 사람은? 이런 것들도 처음에는 인간의 상상에서부터 시작됐잖아. 누군가 하늘을 날고, 달나라를 가고, 우주여행을 하겠다는 상상을 했을 때 많은 사람들은 불가능한 일이라고 손가락질까지 했었지. 그런데 지금은 어떻게 되었어? 그런 것을 보면 타임머신도 지금은 상상일 뿐이지만, 언젠가는 누군가에 의해 만들어 질 수 있다는 생각을 할 수 있지 않을까? 그래서 아빠는 언젠가는 타임머신도 발명될 수 있을 거라고 생각해야 한다고 보는데, 너는 어떻게 생각해?"

"아빠 말을 들어 보니 그럴 수 있다고 생각해."

"자, 그러면 이 이야기를 그대로 글로 써보면 어떨까? 아빠가 글을 잘 쓰려면 무엇부터 해야 한다고 했는지 기억해?"

"……?"

"먼저 주제를 정했으면 구체적인 사례를 찾으라고 했잖아. 우선 너는 타임머신이 만들어 지면 엄마가 살아 있을 때로 돌아가서 엄마를 살리고 싶다는 너만의 이야기를 쓸 수 있는 주제를 찾았잖아. 그러니까 이제 어떻게 하면 타임머신과 주제를 연결시킬 수 있는지 남들이 이해하기 쉬운 예시를 찾으면 되는 거야. 혹시 네가 아는 이야기 중에 타임머신과 관련된 이야기가 있으면 생각해 봐."

아이는 잠시 생각하더니 말했다.

"아빠, 도라에몽이라는 만화영화 알아?"

"아니, 아빠는 잘 모르는데."

"거기에 나오는 도라에몽이 타임머신을 타고 온 주인공이야."

아이와 이렇게 말을 주고받으며 어느 새 말로 한 편의 글을 쓰고 있었다.

텔레비전에서 도라에몽이라는 만화 영화를 봤다. 거기에서 도라에몽이라는 아이가 22세기에서 21세기로 와서 진구라는 아이와 같이 노는 것을 보았다. 도라에몽은 100년 후에 생겨날 고양이 로봇이다. 진구는 도라에몽이 가져온 도구들을 보며 장난을 쳤다. 거기에 나오는 도구는 지금은 없는 것들이라 여기에 소개하기도 힘들다. 그것이 22세기에 만들어질지 모른다는 생각을 하면 너무 신기했다.

도라에몽에 나오는 가장 신기한 도구는 타임머신이다. 아빠는 나에게 타임머신이 만들어질 거라고 생각하냐고 물었다. 나는 다른 건 몰라도 타임머신은 불가능할 거라고 대답했다. 하지만 아빠는 과학의 발전 과정을 설명하시며 그것도 언젠가는 가능할지 모른다고 하셨다. -중략-

나의 미래의 모습을 보고 싶다. 가장 궁금한 것은 10년 후이다. 그때는 내가 대학교 2학년이 될 때인데 어느 대학교에 붙어 있을지 궁금하다. 또 그다음 10년 후에 내 모습이 어떤지 알고 싶다. 그때는 '학교를 다니고 있을까, 아니면 결혼을 해서 아이를 낳았을까?' 너무 궁금하다. 타임머신이 만들어 진다면 가장 하고 싶은 일이 있다. 타임머신을 타고 과거로 돌아가서 엄마가 돌아가시지 않게 막고 싶다. 그러면 지금쯤 엄마랑 행복하게 살고 있을 테니까. 내가 살아 있을 때 빨리 타임머신이 만들어졌으면 좋겠다.

소재에 나만의 의미를 부여하자

수필은 인생의 낙수란 말이 있다. 평범한 생활 속에 묻혀 있으면서 아무도 발견하지 못한 것을 발견하면 참신한 수필이 될 수 있다. 소설이나 시에서 거두지 못한 것, 이것을 소재로 한다. <u>그러나 가치 있는 것이라야 한다.</u> 그러면서도 드러나지 않고 숨어 있는 것을 발견한다. 식도락가는 일류 요리집이나 고급요정의 음식을 자랑하지 않는다. 뒷골목, 남모르는 초막의 진기한 음식이나 낯선 지방의 독특한 맛을 즐긴다. 봉지쌀만 사 먹던 가난한 집 아이가 쌀 한 말을 사왔다고 미곡상에 가 자랑을 하고, 모처럼 보석 반지 하나를 낀 여인이 금은상에 가서 번드겨 본들, 누가 거들떠 볼 것인가. 그러나 내버린 북데기 속에서 한 되 쌀을 건지고, 마당 쓸다가 한 알 보석을 줍는다면, 온 집안 식구가 떠들썩할 것이다. 백옥 같은 한 줌의 쌀, 고귀한 한 알의 보석, 내가 발견하고 내가 거두어 두지 아니하면 건져 줄 이 없는 가치, 버릴 수 없는 인생의 향기, 수필의 소재는 여기 있다. 될 수 있으면 이런 소재를 발견하고, 이런 소재를 찾으면 이미 반은 성공이다.

- 윤오영의 '수필문학입문(태학사)' 중에서

수필의 소재는 무궁무진하다. 길을 가다 발부리에 채인 돌멩이일 수도 있고, 상사가 내던진 서류더미일 수도 있고, 매일 쓰고 찢고 한 사표 봉투일 수도 있다. 학력도 없고 스펙도 없는 사회인으로 겪는 애환일 수도 있고, 남다른 삶을 살 수밖에 없었던 특수한 가정환경일 수도 있다.

가장 개인적인 것이 가장 사회적이다. 사람들은 누구나 태어나서 제일 먼저 가족과 관계를 맺는다. 친구, 관계, 사랑, 연애, 취업, 가난, 성공 등 누구나 살아가면서 겪는 일들은 모두 누구에게나 통하는 보편적인 관심사다. 따라서 가장 나다운 이야기를 쓴다면 그것이 무엇이든 가장 사회적인 것으로 다가갈 수 있다.

물론 모든 것이 다 소재가 될 수 있다고 모든 것이 다 가치를 지니는 것이 아니다. 소재는 소재로 존재할 뿐이다. 중요한 것은 그 소재에 가치를 불어 넣는 능력이다. 이 능력은 저절로 키워지지 않는다. 많은 책을 읽어야 하고, 많이 생각해야 하고, 끊임없이 써가며 가치 있는 삶을 추구해 나가야 한다. 하찮게 보이는 소재일지라도 의미 있게 받아 들이고, 그에 얽힌 이야기를 진솔하게 표현하다 보면 그것이 곧 나만의 글이 되는 것이다.

우리집 현관문을 열고 나가면 자전거 석 대가 나란히 세워져 있다. 자전거를 보니 문득 시골에 계신 친정아버지 생각이 난다. 2년 전에 갑자기 쓰러져 뇌수술을 받으신 아버지. 그 후유증으로 지금은 거동이 불편하시다.

아버지께서는 버스비도 아까워서 읍내에 나가실 때에는 꼭 자전거를 타고 다니셨다. 동네 마실 가실 때에나 논에 가실 때에도….

어느 날 하루는 엄마한테 꾸지람을 받고 아침밥을 먹지 않고 도시락도 가져가지 않은 날이 있었다. 그 날도 아버지께서는 어김없이 자전거를 타고 도시락을 가져 오셨다. 나는 퉁명스럽게 "뭐 하러 오셨어요?"라고 하니까 아버지께서는 "우리 막내딸 굶으면 안 되지!" 하시며 피식 웃으셨다. 내가 도시락을 다 먹을 때까지 기다리셨다가 "집에 갈 때 같이 가자. 아버지 자전거 타고"라고 말씀하셨다. 아버지께서는 농사일도 바쁘신데 기다리셨다가 나를 태우고 가고 싶다고 하셨다. 나는 너무 기분이 좋아 "아버지, 조금만 기다리세요. 종례 끝나면 빨리 올게요." 하고 교실로 들어갔다. 종례가 끝난 후 나를 자전거 뒤 의자에 앉히고 혹시나 떨어질까 봐 허리를 꼭 잡으라고 하셨다. 아버지의 등은 너무나도 따뜻했다.

어린 시절 아버지께서 그런 식으로 종종 자전거를 태워 주셨던 추억들이 다 행복이었다. 물론 지금은 시간이 멈춘 것처럼 아버지의 자전거도 멈춰 버렸다. 자전거는 아버지의 수족이자 교통수단이었는데 말이다. 언제쯤 아버지의 자전거 바퀴가 힘차게 돌아갈 수 있을까?

자전거는 누구나 접한다. 그런데 여기에 '아버지의 사랑'이라는 자신만의 의미를 부여하니 얼마나 감동적인가? 똑같은 소재라도 그 소재와 얽힌 자신만의 이야기를 찾아 이처럼 의미를 부여하면 사람의 마음에 감동을 주는 자신만의 좋은 수필을 쓸 수 있다.

3단 구성 형식에 너무 얽매이지 말자
– '사실+의견(느낌)'의 2단 구성도 좋다

학창시절에 수필은 처음, 중간, 끝이라는 3단 구성으로 이뤄져야 한다고 배웠다. 매우 중요한 구성 방법이다. 하지만 강의를 하면서 의외로 많은 사람들이 이 형식에 매여서 첫 문장을 쉽게 시작하지 못하는 것을 수없이 경험했다.

필자는 자연스럽게 구체적인 사례를 제시하고, 이와 관련된 느낌이나 의견을 피력하는 2단 구성 방법을 제시했다. 그 효과는 매우 컸다. 많은 이들이 좀 더 수월하게 글을 쓰기 시작한 것이다.

'사실+의견'의 2단구성은 고려시대에 '설(說)'이라는 장르에서 쓰였던 방법이다. 이규보의 '이옥설'은 수필을 쓸 때 한번쯤 모방작으로 삼아볼 필요가 있다.

행랑채가 퇴락하여 지탱할 수 없게끔 된 것이 세 칸이었다. 나는 마지못하여 이를 모두 수리하였다. 그런데 그 중의 두 칸은 앞서 장마에 비가 샌 지가 오래 되었으나, 나는 그것을 알면서도 이럴까 저럴까 망설이다가 손을 대지 못했던 것이고, 나머지 한 칸은 비를 한 번 맞고 샜던 것이라 서둘러 기와를 갈았던 것이다. 이번에 수리하려고 본즉 비가 샌 지 오래 된 것은 그 서까래, 추녀, 기둥, 들보가 모두 썩어서 못 쓰게 되었던 까닭으로 수리비가 엄청나게 들었고, 한 번밖에 비를 맞지 않았던 한 칸의 재목들은 완전하여 다시 쓸 수 있었던 까닭으로 그 비용이 많지 않았다.

나는 이에 느낀 것이 있었다. 사람의 몸에 있어서도 마찬가지라는 사실을. 잘못을 알고서도 바로 고치지 않으면 곧 그 자신이 나쁘게 되는 것이 마치 나무가 썩어서 못 쓰게 되는 것과 같으며, 잘못을 알고 고치기를 꺼리지 않으면 해(害)를 받지 않고 다시 착한 사람이 될 수 있으니, 저 집의 재목처럼 말끔하게 다시 쓸 수 있는 것이다.

뿐만 아니라 나라의 정치도 이와 같다. 백성을 좀먹는 무리들을 내버려 두었다가는 백성들이 도탄에 빠지고 나라가 위태롭게 된다. 그런 연후에 급히 바로잡으려 하면 이미 썩어 버린 재목처럼 때는 늦은 것이다. 어찌 삼가지 않겠는가.

- 이규보의 〈동국이상국집〉의 '이옥설' 전문

기와에 물이 새는 것을 방치했다가 서까래와 기둥까지 썩어 더 큰 손해를 봤던 경험담을 들려주면서 이를 통해 잘못은 미리 예방해야 한다는 느낌을 진술하고 있다. 짧은 이야기 속에 이 얼마나 강력한 메시지를 담고 있는가?

굳이 3단 구성에 얽맬 필요는 없다. 앞 부분에서 흥미를 유발하기 위해 구체적인 사례를 제시하고 자연스레 메시지를 담으면 얼마든지 좋은 글이 될 수 있다.

사례는 가급적 하나로 단순화 시키자

글은 굳이 길게 쓸 필요가 없다. 스마트 시대를 맞아 짧게 쓸수록 좋다. 한 가지 사례를 제시하고 그 안에 강렬한 메시지를 담을수록 좋다.

하지만 백일장이나 과제로 써야 할 때는 200자 원고지 7장에서 10장 분량은 채워야 한다. 분량을 채우지 못하면 좋은 평가를 받을 수 없기 때문이다.

글쓰기를 어려워하는 사람의 대다수가 분량 채우는 것 때문에 더욱 자신감을 잃는다. 어떻게든지 시작은 했는데 아무리 쓰고 또 써도 분량을 채우지 못하니까 힘이 든 것이다. 분량을 채우기 위해 어떤 이는 사례를 나열하는 경우가 있다. 또 어떤 사람은 자신이 아는 좋은 말을 총동원해서 분량을 채워놓는 경우도 있다. 하지만 심사위원에게 이런 글은 눈에 띄지 않는다. 아무리 좋은 이야기가 많아도 감흥을 주지 못하기 때문이다.

어떻게 분량을 채워야 할까? 방법은 간단하다. 구체적인 사례를 재미있게 풀어쓰는 것이다. 대화는 가급적 직접 화법으로 쓰고, 마치 동화구연을 하듯 생생한 스토리로 풀어가면 된다.

"뭐하니?"

"그냥 있어요"

"그럼 가게에 나와서 고추 좀 다듬어라"

"네"

가을 김장철이 되면 친정엄마는 아이들이 학교 가고 혼자 있을 시간을 기다려 전화를 하신다. 혼자 하시는 가게라 김장철이 되면 손이 많이 바빠지기에 딸들에게 도움을 요청하시는 것이다. 부업 삼아 다닌다지만 오고가고 기름 값 빼면 차라리 집에 있는 것이 낫겠지만, 차마 엄마의 부탁을 거절하기가 미안하기에 아이들을 학교에 보내고 마지못해 떠밀리듯 엄마에게 간다.

한 가지 사례를 구체적으로 쓰면 분량도 쉽게 채울 수 있고, 마치 눈앞에서 사건이 전개되는 것처럼 만들어서 독자에게 재미를 줄 수 있다. 아울러 독자가 이야기 속으로 빠져들게 해서 마치 그 상황에 처한 것처럼 만들어 생동감을 줄 수 있다.

TIP

수필 쓰기

1. 주제를 정하고 나만의 사례를 제시하자

2. 소재에 나만의 의미를 부여하자

3. 3단 구성 형식에 너무 얽매이지 말자
   - '사실+느낌(의견)'의 2단 구성도 좋다

4. 가급적 한 가지 사례로 단순화 시키자

제7강

독서감상문 쓰기

줄거리 요약보다 먼저 흥미를 유발시켜라

학창시절에 독서감상문 때문에 답답한 가슴을 달래야 했던 안 좋은 기억을 가지고 있는 이들이 많다. 그들은 학창시절에 배운 대로 줄거리 요약을 하고, 느낌과 감상을 써야 한다는 형식에 매어 있다. 하지만 이렇게 쓴 글은 독서감상문 대회에서 심사위원의 눈을 끌기 힘들다. 원고의 과반 이상을 줄거리 요약으로 채운 글을 끝까지 읽어줄 심사위원은 많지 많다.

필자는 지금도 각종 독서감상문 대회의 심사위원으로 활동하면서 이런 작품들 때문에 안쓰러운 경험을 수없이 반복하고 있다. 수백 편이 넘는 응모작 중에 줄거리 위주로 이뤄진 70%에 육박하는 작품들이 예심의 문턱을 넘지 못하고 무더기로 걸러지는 현실을 어찌 할 수 없기 때문이다.

독서감상문은 '줄거리 요약+느낌과 감상'의 구조로 써야 한다는 고정관념을 버려야 한다. 대신 앞에 사례를 제시하고, 중간에 줄거리의 핵심을 요약하고, 마지막에 사례와 줄거리의 핵심을 결부시켜 끝을 맺는 구조가 좋다.

"당신은 내 잘못을 갖고 자신까지도 잘못된 감정에 휘말리는군요. 그건 어리석은 일 아닌가요?"

상대 때문에 화가 잔뜩 난 나는 무의식적으로 이 말을 떠올렸다.

'그래, 그 사람의 감정 때문에 내가 화를 낼 필요까지는….'

그래도 화가 난다. 가만히 생각해 보니 그 사람은 오늘 화를 낼 만한 일이 있었다. 그러니 나와는 상관없는 일이다. 이런 생각이 들자 순간 화가 수그러들었다.

철학적 관점에서 다양하게 해석을 하고 상대를 꿰뚫어 보듯 꼼짝할 수 없게 만드는 능력, 역시 인도인답다. 똑같은 사물을 바라보면서 모든 문제를 남이 아닌 내 안의 문제로 보는 모습이 존경스럽다.

몇 년 전 인도와 비슷한 기후를 가진 태국으로 여행을 간 적이 있었는데, 열대기후에 법 없이 살 것 같은 눈망울을 가진 사람들이 많이 눈에 띄었다. 계산적으로 사는 현대인과는 달리 주어진 환경을 그대로 받아들이고, 그것조차도 신이 베푸는 자비라 믿고 사는 그들에게 불평이나 불만은 쉽게 찾아보기 어려웠다. 그들은 현실의 불편함을 개선하려는 의지도 보이지 않는다. 심지어 구걸을 하면서도 '당신의 축복을 위하여 내가 받아주는 것이다. 당신을 위하여 베푸는 연습을 해야 한다'며 구걸행위를 당연시 여긴다. 우리의 관점으로는 이해하기 힘든 부분이 책 속에 많이 담겨 있다.

하지만 우리는 이 책을 통해서 화가 나거나 불평과 불만이 쌓일 때 그

것이 결국은 외부에 문제가 아니라 내부에서 오는 것이라고 일깨워 주는 목소리에 공감을 할 수밖에 없다. 문화적 차이를 인정하고 이 책에 빠져 들다 보니 마음을 풍요롭게 하는 지혜의 샘물을 만난 것 같아 마음이 편안해 진다.

- '하늘호수로 떠난 여행을 읽고' 중에서

가장 기억에 남는 부분에 집중하라

책을 읽다 보면 가장 기억에 남는 부분이 있다. 많은 사람과 똑같이 느끼는 부분이라면 그것이 책의 핵심일 수 있고, 유독 나만 느끼는 부분이라면 지금 내가 걸려 있는 문제일 수 있다.

사람은 보고 싶은 것만 보고, 듣고 싶은 것만 듣는 경향이 있다. 어느날 책을 읽었는데 유독 기억에 남는 부분이 있다면 그 날은 심리적인 상태가 그 부분과 일치하는 것이다. 그 부분을 요약하고 정리하다 보면 자신도 모르게 그와 관련된 자신만의 이야기가 떠오른다. 즉 독서경험을 통해 자신의 삶이 반추되는 것이다. 그것은 자신의 잘 하고 있는 일일 수 있고 감추고만 싶은 내면의 상처일 수도 있다.

"많은 사람들이 열심히 하면 성공할 수 있다고 했습니다. 그래서 저는 열심히 사람들을 찾아다니며 일했지만 제 말을 들어주는 사람은 없었습니다. 생활은 나아진 것이 없고 너무 힘이 들어서 어느 날인가 제 삶을 바꾸는 일을 하기 위해 회사에서 판매 실적 1위를 차지한 분을 찾아갔습니다. 저는 그 분에게 '도대체 저랑 다르게 하는 게 무엇인가요?'라고 물었습니다. 그러자 그 분은 '내 앞에서 세일즈 프레젠테이션을 한 번 해보지'라고 했습니다. '세일즈 프레젠테이션이 뭐죠?'라고 하자 '제품을 논리적으로 정리해서 판매하는 방식이지.'라고 답했습니다. 저는 ①'그러니까 논리적으로 정리된 판매 방식이 있단 말입니까?'라고 물었더니, 그 분은 '그럼'하면서 논리적으로 정리된 판매법을 보여 주었습니다. 저는 그것을 배워 그대로 했습니다."

- 브라이언 트레이시의 '강연연설문' 중에서

브라이언 트레이시는 세계적인 성공 컨설턴트다. 2시간 강연료가 8억 원에 이를 정도이고, 수십 권의 자기계발서로 입지전적의 대표적인 인물이다. '자수성가한 백만장자의 성공비법'이라는 강연의 일부다.

그는 수많은 세일즈 방법을 찾던 중에 ①논리적으로 정리된 판매 방식에 꽂혀 버렸다. 자신이 가장 갈구하는 것을 만나자 그곳에 집중하게 된 것이다.

독서를 하다 보면 이런 경험을 한다. 몇 번 읽었던 책도 어느 날 이렇게 중요한 구절이 있었나 싶게 확 들어올 수가 있다. 갈구하는 부분과 만난 것이다.

필자가 이 책을 발간한 이유도 여기에 있다. 세상에는 글쓰기 관련 책들이 참 많다. 하지만 글쓰기 책도 자신에게 맞는 것이 있다. 똑같은 내용이라도 어느 시점에 만났느냐에 따라 독자와 특별한 인연을 맺을 수 있다. 필자와 인연이 있는 이는 이 책에서 더 많은 것을 얻을 수 있을 것이다.

공부를 해본 사람은 안다. 선생님한테 똑같은 지적을 받아도 전혀 귀에 들리지 않던 말이 어느 순간 '아, 이거구나!'라고 귀에 확 들어올 때가 있다. 선생님은 그 전에도 수없이 같은 말을 했을 텐데 그날 따라 유

글쓰기 전에는 항상 내 앞에 마주 앉은
누군가에게 이야기를 해 주는 것이라고 상상해라.
그리고 그 사람이 지루해 자리를 뜨지 않도록 설명해라.

- 제임스 패터슨

독 그 말이 들린 것이다. 바로 그날의 상황과 정서가 그 말을 받아들일 필요와 시기를 만난 것이다.

책은 언제나 그대로 있을 뿐이다. 읽을 때마다 유독 와 닿는 부분이 다르다는 것은 마침 그때 그 부분을 받아들일 상황과 정서가 맞아 떨어졌다는 것이다. 독서의 참맛을 느낄 수 있는 순간이다.

그때 그것을 완전한 내 것으로 만들기 위해 바로 그 부분에 집중해야 한다. 그러면 그 부분과 관련된 나만의 구체적인 경험이 소록소록 살아오는 경험을 할 수 있다.

> "우리에게도 애도 문화가 있었다. 3일 동안 죽은 사람 곁에 머물기, 억지로라도 소리 내어 '아이고, 아이고' 곡하기. 장례 후 일주일간 상석 올리기, 49일 동안 일곱 번 떠난 사람의 평온 빌어주기, 예전에는 그런 의례들을 형식적인 겉치레 의식이라 여겼지만, 지금은 생각이 많이 달라졌다. 그런 의례는 떠난 사람을 잘 보내기 위해서 뿐 아니라 남은 이들의 상실감을 쓰다듬기 위해서도 꼭 필요한 절차라는 사실을 이해하게 되었다."
> (210~211쪽)

필자는 김형경의 〈좋은 이별〉이라는 책을 읽다가 유독 이 부분에 마음이 꽂혔다. 그때는 마침 아내가 저 세상으로 떠난 지 4년이 넘어가던 시절이다. 아내의 장례를 치를 때 겨우 초등학교 4학년, 6학년이었던 두 딸들은 마음껏 울 수도 없었다. "너희들이 울면 엄마가 좋은 데 갈 수 없다"는 주변 사람들의 충고 때문이었다. 필자 역시 애 엄마를 좋은 곳에 보내기 위해서라도 애써 태연한 척을 해야 했다. 아빠로서 애들을 위해서라도 더더욱 눈물을 보일 수 없다고 생각하며 꾹 참았다. 근 1년 동안은 아는 사람을 만나는 것 자체가 고통이었다. 그렇게 1년이 지날 무렵에 큰딸이 "난 울고 싶어도 엄마가 좋은 데 못 갈까 봐 울지도 못했단 말야."라며 엄마 이야기를 하며 엉엉 울 때 필자의 가슴은 찢어지는 것만 같았다. 덕분에 이 구절을 위안 삼아 아이에게 마음껏 울어서라도 가슴에 맺힌 아픔을 풀어보자며 다독였던 기억이 생생하다.

구체적인 사례를 잘 버무려라

요즘 독서량을 과시하는 사람을 종종 만난다. 물론 책을 많이 읽은 것은 존경할 만하다. 그런데 대화를 나누다 보면 자신의 이야기는 별로 없고, 책 속의 이야기만 과시용으로 늘어놓는 경우가 많다. 심지어 책을 많이 읽었다는 것을 빼놓고는 더 이상 대화조차 하기 힘든 상대도 있다. 그래서 뭘 어쩌라는 말인가?

책을 읽고 독서경험을 이야기하는 것은 좋다. 하지만 그 이야기의 범위가 책의 내용을 벗어나지 못하면 문제가 있다. 독서경험은 책만 읽으면 누구나 쉽게 쌓을 수 있다. 심지어 어떤 경우는 굳이 독서를 하지 않더라도 인터넷 검색만 하면 얼마든지 책을 읽은 효과를 얻을 수 있다.

중요한 것은 독서량이 아니다. 한 권의 책을 읽었어도 그것을 생활에 구체적으로 활용하는 능력이다. 독서량을 과시하는 것은 힘들어 쌓은 독서경험을 박제화 시키는 것과 다름없다.

독서감상문 역시 마찬가지다. 책의 내용을 요약하는 것으로는 결코 좋은 글을 쓸 수 없다.

독서감상문은 가급적 수필처럼 완결된 작품으로 쓰는 것이 좋다. 단편적인 줄거리 요약보다는 가장 기억에 남는 부분을 정리하고, 그와 관련된 나만의 구체적인 사례를 담아 내는 것이 좋다.

"당신은 자칼임이 분명해!"

『기린과 자칼이 춤출 때 : 마음을 나누는 비폭력 대화』를 읽은 지 10분 만에 나는 남편에게 서슴없이 말했다. 남편은 순순히 시인한다.

"그래, 내가 자칼이 맞지!"

자칼이란 폭력적인 언행을 일삼는 사람을 상징하고, 기린이란 비폭력 적인 언행을 실천하는 사람을 상징한다. 책의 중반부를 넘기면서 나는 스스로 기린이라 생각하는 자칼임을 알았다. '대부분 문제는 당신에게서 비롯되고, 내가 이렇게 된 건 당신 때문이야.' 이렇게 변명하고 합리화하며 살았다. '당신 때문이야!', '나 때문이야!'라는 말은 누군가를 공격하는 자칼 언어라는 것을 알았다. 그러고 보니 슬슬 미안해 졌다. '당신은 자칼임이 분명해!' 이 말 속에 들어 있는 내 안의 자칼을 보았기 때문이다.

며칠이 지났다.

"바지 어딨어?"

남편이 바지를 찾았다.

"아차! 당신 오늘 중요한 발표가 있는 날이라고 했는데, 어제 미쳐 다림질을 못 해 놓았네."

얼른 앞 베란다로 가서 가장 상태 좋은 바지를 걷어 남편에게 주었다.

"여보, 정말 미안해, 오늘 당신 중요한 발표 있는 날인데, 다림질을 미처 해 놓지 못했어. 아침부터 화나게 해서 정말 미안해!"

이제껏 살면서 내가 남편에게 진심 어린 사과를 한 것은 처음이다. 보통 "당신이 잘못 한 거야!" 하면 변명을 늘어놓거나, 마지못해 "잘못했어, 미안해! 그런데 꼭 사과를 받아야 돼?"라고 하는 정도였다. 그것도 자존심이라고…. 내가 자칼임을 알지 못하고 이런저런 변명을 늘어 놓거나, 미안함에 아무 말도 하지 않고 가만히 있었다.

그 일이 있고 나서 정말 놀라운 건 퇴근해서 집에 들어온 남편의 말이다.

"아침에 화내서 미안해!"

사고로 친다면 나의 과실이 100%라 미안하다는 말은 내가 더 많이 했어야 하는데….

- 〈기린과 자칼이 춤출 때〉를 읽고

서평을 적극 활용하라

글쓰기는 힘들어도 남의 글은 쉽게 읽는다. 전문가가 아니라도 남의 글을 읽고 좋은 글인지 아닌지 평가하는 능력은 누구나 갖고 있다. 좋은 글은 우선 처음부터 빠져들게 하는 재미와 매력이 있다. 끝까지 읽었을 때 욕구를 충족시킨 뿌듯함이 있다.

예전에는 책을 읽으면 공유할 수 있는 자리가 많지 않았다. 특별히 독서모임 같은 곳에서 활동하지 않는다면 거의 개인적 경험으로 끝나는 경우가 많았다. 그런데 요즘은 인터넷이 발달하면서 정말 좋은 공간이 생겼다. 웬만한 책은 공유할 수 있는 공간이 널려 있다. 그 중에서 가장 좋은 것이 인터넷 검색으로 쉽게 찾을 수 있는 서평란이다. 책 제목만 검색하면 각종 블로그나 카페, 인터넷 서점 홈 페이지에 올라온 서평을 쉽게 접할 수 있다.

서평은 독자에게 책을 읽고 싶게 만드는 설득적인 요소를 갖고 있다는 점에서 독서감상문과는 다르다. 또한 그 중에는 출판사에서 광고용으로 쓴 글도 많아 실망할 때도 있지만, 간혹 수준급의 글이 올라와서 그것 자체로 읽는 재미를 느낄 때가 많다. 따라서 서평을 잘 활용하면 다른 사람도 내가 어떻게 쓴 글을 좋아할지 스스로 챙겨볼 수 있어서 좋다.

필자는 심심할 때마다 서평을 검색해 본다. 그때마다 생각하지 못한 부분을 짚어주는 글을 만나 놀랄 때가 많다. 필자의 저서에 대한 서평을 피드백으로 활용하며 끊임없이 부족한 부분을 채워가고 있다.

그 중에 기억에 남는 글 하나를 소개한다. 예스24의 블로그(http://blog.yes24.com/supergam98)에 있는 〈엄마와 아이를 바꾸는 기적의 글쓰기교실〉(미다스북스)에 대한 서평의 전문이다.

흰 여백에서 깜박이는 커서를 한참이나 보고 있지만 정작 글을 단 한 줄도 써내려가지 못할 때의 심정이란…. 막힘없이 줄줄 좋은 글을 써내려갈 수 있다면 얼마나 좋을까. 학교 다닐 때는 일기쓰기와 글짓기, 독후감 상문 숙제, 대입 논술, 취업을 하기 위한 자기소개서, 회사에서는 보고서, 블로그 등 온라인에서 글쓰기까지 전문적으로 글쓰는 작가들뿐만 아니라 우리 일상에서도 글쓰기는 필수적인 능력이 되어 버렸다.

하지만 글쓰기는 대부분의 사람들에게 두려운 일이다. 어떻게 써야할지도 막막할 뿐만 아니라 내가 쓴 글을 다른 사람들이 읽고 평가하는 것이 부담스럽기 때문이다. 이런 이유에서인지 좋은 책을 감명 깊게 읽고 서평을 남기려고 할 때도 생각만큼 글이 써지지가 않아 답답할 때가 많다.

나도 이렇게 글쓰기가 힘든데 나중에 아이들이 글쓰기를 잘 할 수 있을까 걱정이 되던 차에 읽게 된 이 책은 다른 책들처럼 '주어와 술어를 맞춰라' 같은 내용들을 전문적으로 파고들지도, 글을 쓰는 구체적인 방법을 많이 다루지도 않는다. 하지만 아이와 엄마가 글쓰기에 대한 두려움을 떨쳐내고 잘 쓰려기보다 솔직하게 쓸 수 있도록 글을 통해 진정으로 소통할 수 있도록 해준다는 점에서 글쓰기 초보들에게 더 없이 좋은 지침서인 것 같다.

글쓰기 자체가 원래 자기에게 던진 질문에 스스로 답을 찾아가는 과정이라고 말하는 저자는 먼저 글감을 정하고 왜 이런 소재를 선택했을까?

질문을 던지고 대답을 하면서 그것을 계속해서 이어나가다 보면 한편의 글을 완성할 수 있다고 예시를 통해 설명해주고 있는데 정말 이렇게 따라 하다 보니 쉽게 글을 쓸 수가 있었다.

자녀에게 글쓰기를 시키고 싶다면 엄마부터 글쓰기를 시작하라고 저자는 강조하는데, 글쓰기를 통해 아이와 소통하고 인성을 키우며 긍정적인 행동 변화를 가져오는 등 글쓰기의 영향력을 생각보다 크고 좋은 점이 많았다. 엄마와 아이가 틀리기 쉬운 표현과 꼭 알아야 할 띄어쓰기 원칙 다섯 가지까지 실려 있어서 도움이 되었다.

누구에게나 글쓰기는 어렵다. 책에서 알게 된 내용을 바탕으로 글쓰기를 반복하다보면 좋은 글을 쉽게 재미있게 써내려가는 날이 오지 않을까.

"공부란 모르는 것을 아는 것이다. 모르는 것을 알 때는 반드시 괴로움을 만난다. 그 괴로움을 뚫고 지나야 즐거움을 만나지만, 그 괴로움에 굴복하면 그것은 이미 공부가 아닌 길로 떨어지는 것이다."

TIP

독서감상문 쓰기

1. 줄거리 요약보다 먼저 흥미를 유발시켜라

2. 가장 기억에 남는 부분에 집중하라

3. 구체적인 사례를 잘 버무려라

4. 서평을 적극 활용하라

일대일 마케팅 전략으로 써라

자기소개서 쓰기

이력서 쓰기

보고서 쓰기

제8강

자기소개서 쓰기

일대일 마케팅 전략을 수립하라

"회계 쪽에 재능이 있는 것 같은데, 우리 회사에 입사해서 경리부 쪽으로 발령이 난다면 어떻게 하시겠습니까?"

영업사원을 뽑는 자리에서 면접관이 수험생의 서류를 뒤적이다 이렇게 물었다. 뭐라고 대답해야 할까?

"그렇게만 해주신다면 전공을 살려서 최선을 다하겠습니다."

영업부를 지원해놓고 이런 대답을 하다니 큰일 날 소리이다. 영업사원을 뽑는 면접관이 왜 이런 질문을 했을까? 먼저 상대의 의도를 생각해 봐야 한다. 어느 회사건 오래 근무할 인재를 필요로 한다. 아무리 능력이 뛰어나더라도 금방 그만 둘 것 같은 사람은 탈락을 시킬 수밖에 없다. 이 질문은 수험생이 영업부에 얼마나 소신을 갖고 지원했는지 확인하는 질문이다. 그런데 다른 곳으로 보내주면 전공을 살려 열심히 하겠다니, 이미 영업부 입사에 합격은 물 건너갔다.

> "우리 학과에 합격해서 일 년 정도 다니다 보니까 전공이 적성에 맞지 않는 것을 알게 된다면 어떻게 하겠습니까?"

입시면접에 자주 출제되는 문제다. 뭐라고 대답할 것인가?
"전공을 바꾸겠습니다."
"휴학을 하겠습니다."
질문이 끝나기 무섭게 이렇게 대답하거나, 아예 입을 다물어 버리는 경우가 많다. 이들의 운명은 어떻게 될까? 면접관은 교수 이전에 학교에서 월급을 받는 직원이다. 교수는 수많은 수험생 중에 겨우 몇 명을 뽑았는데 중간에 그만 두는 학생이 생길까 봐 그런 학생을 가려내기 위해 이런 문제를 낸 것으로 봐야 한다. 이 질문은 "너를 뽑아주면 중간에 그만 두지 않을 것이라는 믿음을 보여줘 봐."라는 뜻을 담고 있는 것으로 볼 수 있다. 뭐라고 대답을 해야겠는가?

면접장에서 이런 질문을 받았다면 자기소개서를 잘못 썼을 확률이 높다. 면접관은 자기소개서를 보고 학생이 중간에 그만 둘 것 같은 의심이 들 때 소신 지원인지 확인하기 위해 이런 질문을 한다.

입장을 바꿔 생각해 보자. 여러분이 면접관이라면 국문과를 지원한 학생의 자기소개서에 다른 학과에 뛰어난 능력을 보이는 수상실적이나 활동상황을 기록했다면 무슨 생각을 하겠는가? 당연히 국문과 지원은 소신이 아니라 점수에 밀려 지원했을지 모른다고 의심할 것이다. 기껏 선발한 학생이 중간에 그만 두면 그 피해는 온전히 교수에게로 되돌아온다. 어떤 선택을 하겠는가?

자기소개서는 면접에서 이런 난처한 질문을 받지 않도록 철저히 준비해야 한다. 영업부에 지원한 사람이 회계 관련 경력을 드러내거나, 국문학과에 지원한 학생이 경제관련 수상경력을 드러낸다면 이미 합격선과 멀어질 수밖에 없다. 영업부에 지원했을 때는 영업과 관련된 경력과 능력을 부각시켜야 한다. 국문학과에 지원했을 때는 다른 수상실적이 아무리 좋더라도 다 빼고 국문학과와 관련된 수상실적이나 능력을 부각시켜야 한다.

자기소개서는 일대일 마케팅이다. 고객의 입맛을 분석해서 거기에 맞게 나의 상품의 가치가 뛰어나다는 것을 포장하는 작업이다. 마치 음식점 주인이 고객의 요구에 따라 삼겹살을 좋아하는 이에게는 삼겹살을, 등심을 좋아하는 이에게는 등심을, 갈비를 좋아하는 이에게는 갈비를 내놓듯이 지원하는 회사나 부서, 학교나 학과에 맞춰 자신을 가장 상품성 있게 포장하는 작업이다. 따라서 자기소개서를 쓰기 전에 먼저 철두철미하게 일대일 마케팅 전략을 수립해야 한다.

회사와 업무에 맞는 성품 형성과 관련 시켜라
- 자신의 성장과정과 이러한 환경이 자신의 삶에 미친 영향에 대해 기술하세요.

많은 사람들이 이 문항을 솔직하게 작성한다. 그래서 필요 이상으로 가정형편을 비관하며 좌절하는 경우도 많다. 하지만 어쩌겠는가? 그 좌절감을 극복하는 것도 세상을 사는 지혜다.

자기소개서를 솔직하게 쓰는 것은 좋은 일이다. 하지만 솔직함과 어리석음은 동전의 양면이다. 지나치게 솔직하면 어리석음으로 빠지고, 솔직함을 부정하면 자칫 자기 꾀에 걸릴 수 있다.

성장과정이나 환경은 무조건 솔직하게 쓸 것이 아니라 일대일 마케팅으로 지원한 회사와 부서에서 요구하는 것에 맞춰 쓰는 것이 좋다.

아버지가 세탁소를 운영하는 대학생이 있다. 졸업과 동시에 중소기업에 입사원서를 쓸 때 학생은 한 곳에서 20년 가까이 뿌리내리고 있는 아버지의 성실함을 부각시켰다. 자연스럽게 자신도 아버지로부터 끈기와 성실함을 물려받았다는 것을 강조함으로써 자신의 장점을 드러내는 것으로 활용했다. 지원부서인 품질관리부에서 요구하는 꼼꼼한 성격을 부각시키는 전략을 선택한 것이다. 당연히 최종 합격의 기쁨을 누렸다.

아버지께서는 제가 초등학생 때부터 지금까지 한 자리에서 20년 가까이 세탁소를 하시면서 성실함과 꾸준함으로 주변 사람들에게 인정을 받으셨습니다. 또한 아버지께서는 항상 저에게 "땀은 거짓말을 하지 않는다."는 말씀을 하셨습니다. 제가 가장 존경하는 아버지를 통해서 저는 '꾸준히 하면 못할 것이 없다.'라는 좌우명을 항상 가슴에 새겼습니다. 어머니께서는 2008년에 외환위기가 오면서 많은 사람들과 함께 그만 두실 때까지 10년 동안 00 하청업체에서 성실함을 인정 받으셨습니다. 저에게도 '한번 하면 끝장을 보는 성실함을 가져야 한다'는 말씀을 항상 들려주셨습니다. 그래서 저는 초중고등학교 때 개근상은 기본이었고, 대학교 때에도 결석이나 지각은 한 번도 없었습니다. 또한 우체국에서 공익근무를 했을 당시에도 근무하시는 분들에게 성실하다고 인정을 받았고 덕분에 특별 배려로 14일의 특별 휴가를 받은 적도 있습니다.

도덕을 설교하면 사람들이 모여들지 않는다.
휘파람을 불며 몸을 흔들고 춤을 추면 사람들이 몰린다.
- 디오게네스

업무능력과 관련된 노력과 열정을 제시하라

– 지원동기와 지원한 분야를 위해 어떤 노력과 준비를 해왔는지 기술하세요.

대기업에 취업하려면 갖춰야 할 8대 스펙으로 학벌과 학점, 토익, 자격증, 어학연수, 수상경력, 인턴 경험, 봉사활동 등을 든다. 물론 다 갖출수록 좋다. 스펙을 보지 않는다는 말은 그만큼 스펙이 중요하다는 말이다. 하지만 8대 스펙을 모두 갖추었다 하더라도 좋은 평가를 받을 수 없다. 결국 스펙도 중요하지만 그것을 자신의 업무능력으로 포장하는 기술도 중요하다.

아무리 뛰어난 스펙이라도 지원한 분야와 다른 것을 쓰거나, 수박 겉 핥기식으로 스펙만 나열한다면 결코 좋은 평가를 받을 수 없다. 한 가지 스펙을 쓰더라도 지원한 분야에 맞게 최선을 다해 노력했던 스토리를 보여줘야 한다.

결론을 앞에 제시하고, 구체적인 사례를 들며 면접관의 감성을 울릴 수 있어야 한다. "~하며 최선을 다했습니다."라는 식의 상투적인 표현은 좋지 않다. 자신만의 강점을 드러내는 스펙에 얽힌 노력을 보여주는 구체적인 사례를 제시해서 끝까지 읽을 맛나게 표현해야 한다.

저는 00에서 태어나고 자란 토박이입니다. 저는 어렸을 때부터 자연스럽게 00사 앞을 지날 때마다 "저 곳은 미래에 내가 다닐 회사다."라는 생각을 하곤 했습니다. 안정된 직장과 지역을 대표하는 기업체에 근무하는 것은 생각만 해도 행복했습니다. 그래서 대학교를 지원할 때도 00사를 목표로 전자과에 지원했습니다.

대학교 1학년 때 책을 통하여 칩에 관해서 공부를 하였고, 군 복무 제대 후에 학교수업시간에 공부할 기회가 없어서 3학년 때 'MR'이라는 전자과 동아리에 들어가서 공부를 했었습니다. 제가 MR에서 공부했을 당시에 저는 TEST의 중요성을 다시 한 번 마음 속에 새겼습니다. 칩을 여러 개를 산 적이 있는데 완전한 모듈이 아닌 순수 칩만으로 샀습니다. 공부를 하던 중 원래 쓰던 칩이 망가져서 새것으로 교체해야 하는 경우가 생겼는데 그 칩을 잘라내고 다시 새 칩을 남땜했는데, 정상적으로 작동을 하지 않고 오류가 생겼습니다. 저는 실수로 인하여 칩이 아닌 다른 부분이 망가져서 못하는 줄 알고 서랍에 넣어 두고 다시 새것을 주문하느라 며칠 동안 공부를 못했습니다. 그러다 새 칩을 구입한 뒤에 다른 사람이 제가 썼던 것을 보고 다시 칩을 새것으로 바꿔서 써보았는데 정상적으로 작동을 했습니다. 그 당시 소비자의 관점에서 산 물품이 정상적으로 작동되지 않았을 때 소비자가 느끼는 불편함이나, 쉽게 빠질 수 있는 편견 등을 몸으로 경험했습니다. - 후략 -

꿈과 비전을 구체적으로 제시하라
– 입사 후 포부 및 계획에 대해 기술하세요.

회사의 비전과 자신이 맡은 업무를 정확히 꿰뚫고 있어야 한다. 그렇지 않으면 막연하게 쓸 수밖에 없어 회사와 업무에 대해 제대로 파악하지 못했다는 것이 드러날 수밖에 없다. 회사나 업무에 관련된 서적을 읽거나 인터넷을 찾아 철저하게 준비하고, 관련 업무에 종사하는 지인의 조언을 구해야 한다. 회사를 직접 찾아가 관련 계통에서 일하는 사람을 만나 솔직하게 조언을 구하는 것도 좋다.

최대한 회사와 업무에 대한 정보를 입수해서 계획을 수립해야 한다.

많은 사람이 이런 점 때문에 자기소개서를 쓰기 어려워한다. 글쓰기 실력보다 구체적으로 무엇을 써야 할지 모르는 것이 자기소개서 쓰기를 더 어렵게 하는 것이다.

자기소개서를 쓰는 시간을 통해 자신의 비전에 대해 깊이 생각해 보는 시간을 가져보는 것이 필요하다. 비전에 대한 구체적인 계획이 세워지면 분량은 금방 채울 수 있다.

트라우마를 극복하는 기회로 삼아라
− 자신이 겪었던 가장 큰 어려움은 무엇이며 그것을 극복하는 과정을 통해 자신의 어떤 부분이 성장하였는지 기술하시오.(700자 이내)

이 문항을 솔직하게 표현하는 이들이 많다. 심지어 학창시절 왕따를 당했던 경험을 썼다가 면접장에서 이 부분에 대한 보충 질문을 받고 눈물을 흘리는 사람도 있었다. 솔직함이 오히려 화를 부른 경우다.

회사는 개인 상담을 받아 주는 곳이 아니다. 이 문항은 개인의 아픔을 보듬어 주려는 것이 아니라, 과거의 상처로 업무수행에 문제를 일으킬 수 있는 지원자를 가려내기 위한 것이다. 진솔하게 상처를 드러냈다가 그것으로 탈락의 빌미를 제공할 수 있다.

가급적 업무와 관련된 일을 준비하는 과정에서 겪었던 어려움을 제시하고, 그것을 극복하기 위한 노력으로 업무능력을 향상시켰음을 보여주는 것이 좋다. 가령 영업부를 지원한다면 부모님의 사업이 망했는데 이를 극복하려고 돈을 벌기 위해 여러 곳에서 아르바이트를 했던 경험을 제시하는 것이 좋다. 그 과정에서 다양한 계층의 사람들을 만나면서 쌓아온 고객접대와 대인관계 능력을 부각시키면 좋다.

심층면접은 간혹 정도가 지나쳐 인격침해라는 논란을 일으키기도 한다. 인권위에 접수된 사례 중에 이런 경우도 있다. 면접에서 한 여대생이 사생활과 관련된 질문을 받았다.

"서류에는 아버지가 없는 것으로 나왔네요. 어떻게 된 건가요?"

"부모님이 초등학교 5학년 때 이혼을 해서 그렇습니다."

학생은 여기까지는 대답을 잘 했다. 그런데 이어지는 질문이 문제였다.

"일반적으로 아버지가 없이 자란 사람 중에는 직장에서 상사와 문제를 일으키는 경우가 많은데, 우리가 본인을 뽑으면 나중에 상사와 문제를 일으키지 않는다는 것을 어떻게 증명할 수 있죠?"

만약에 여러분이 이런 질문을 받는다면 뭐라고 하겠는가? 실제로 이 학생은 그만 눈물을 터뜨렸다. 그리고 아버지 없다고 무시당한 것 같아 인권위에 진정을 했다.

부모의 이혼이라는 사생활을 들먹여 상처를 건드린 것은 회사가 잘못한 것일 수 있다. 하지만 좋게 생각해 보면 결코 회사를 탓할 수만 없는 상황이다. 아무리 개인적인 상처라 하지만 그 상처를 극복하지 못한 사람이 조직의 갈등을 유발하거나 해를 끼치는 경우가 많다. 회사로서는 어쩔 수 없이 이런 사람을 걸러내야 하지 않겠는가?

제3자의 입장에서 보면 이 질문은 수험생에게 유리한 상황일 수도 있다. 회사에서는 서류상 불합격이 명백한 사람에게 이런 질문을 할 이유가 없다. 서류상으로는 어느 정도 합격선인데, 최종적으로 합격시키기에는 미흡한 점이 있어 이 부분을 확인하고자 던진 질문일 수도 있다. 이때 비록 아버지 없이 자라왔어도 직장에서 상사와 문제를 일으킬 염려가 없다는 것을 당당하게 증명한다면 오히려 합격했을지도 모르는 질문이다.

그런데 이것을 상처로 받아들이고 눈물까지 흘렸으니, 입사 후에도 아버지 이야기만 나오면 직장상사와 부딪힐 수 있다는 것을 보여준 행동이 아니던가?

회사는 개인적 상처와 관계없이 최상의 능력을 발휘할 수 있는 직원을 필요로 하는 곳이다. 따라서 이런 문제는 미리 점검을 해서 초연한 모습을 보여야 한다.

자기소개서를 준비하면서 자신의 인생에 큰 영향을 끼쳤던 상처를 돌아보며 그것을 극복하는 노력을 기울이는 시간을 가질 필요가 있다. 면접관도 사람이다. 사전에 트라우마를 잘 치유해서 스토리로 풀어내면 오히려 그것으로 면접관의 감성을 자극해 더 후한 점수를 받을 수도 있다. 트라우마를 상처로 안고 있을 것인지, 잘 표현해서 면접관의 감성을 사로잡은 강점으로 활용할 것인지 선택은 오로지 자기 자신의 몫이다.

초두효과를 적극 활용하라

"저는 비록 내성적인 성격이지만~"

"저는 비록 잘 생기지는 않았지만~"

"저는 비록 말은 잘 하지 못하지만~"

자기소개서를 이렇게 시작하는 사람도 있다. 겸손한 표현으로 봐달라는 의도겠지만 자신의 얼굴에 스스로 먹칠을 하는 것이다.

심리학 용어로 초두효과라는 말이 있다. 어떤 정보가 시간 간격을 두고 주어지면, 앞의 정보가 훨씬 큰 영향을 미친다.

"이 사람은 지적이고 강인하고 근면하지만 말이 많고 질투심이 많은 사람이다."

"이 사람은 말이 많고 질투심이 많지만 지적이고 강인하고 근면한 사람이다."

두 문장은 똑같은 정보를 담고 있지만 정보제공 순서에 따라 전자는 긍정적인 사람으로, 후자는 부정적인 사람으로 인식되는 경향이 크다고 한다.

자기소개서는 자신에 대한 부정적인 표현을 할 필요가 없다. 아무리 겸손을 떠는 표현이라도 초두효과로 불이익을 초래할 수 있다는 것을 명심해야 한다.

면접관이 한 사람의 자기소개서를 읽는데 걸리는 시간은 3초 이내라는 통계가 있다. 워낙 많은 자기소개서를 짧은 시간에 봐야 하기 때문에 식상한 표현은 눈에 들어오지도 않는다. 이런 이들에게 앞 부분의 정보는 더욱 중요하다. 앞 부분에 부정적인 정보가 있다면 뒷부분은 아예 읽어보지도 않을 확률이 높다. 가급적 앞에는 자신의 장점을 부각시키는 핵심정보를 긍정적으로 표현해야 한다.

단점도 장점을 부각시키는 기회로 활용하라

장점과 단점을 스스로 파악하기란 쉽지 않다. 그래서 공부를 해야 하고, 준비를 해야 한다. 경영학과에 지원하려는 학생이 있었다. 자기소개서에 자신의 장점과 단점을 쓰려는데 매우 힘들어 했다. 그래서 먼저 질문을 던졌다.

"본인의 장점은 뭐라고 생각해?"

"저의 장점은 마당발이어서 대인관계가 좋습니다."

"그럼 단점은?"

"처음 보는 사람한테 낯을 가리는 버릇이 있습니다."

뭔가 앞뒤가 맞지 않는 말이다. 마당발이 낯을 가린다니, 서로 모순에 빠진 것이다. 당사자는 이 말이 어떻게 모순인지 전혀 눈치를 채지 못했다. 그래서 이 부분부터 짚어줘야 하겠기에 재차 물어 보았다.

"장점이 마당발인데, 단점이 처음 보는 사람은 낯을 가린다? 뭔가 이상하지 않나?"

장점과 단점은 동전의 양면이다. 마당발이라면 너무 많은 사람을 사귀느라 벌어지는 실수를 단점으로 삼아야 한다. 단점이 낯을 가리는 성격이라면 장점으로 신중한 성격을 들 수도 있다. 따라서 장점을 살리기 위한 노력이 단점을 극복한 사례가 될 수 있고, 단점을 극복하기 위한 사례가 장점을 살려나간 사례가 될 수 있다.

예를 들어 "마당발이어서 대인관계가 좋다"고 장점을 밝혔다면, "평소에 우유부단하다는 소리를 듣는다. 그래서 이것을 극복하기 위해 먼저 일의 중요도를 구분하기 위해 메모하는 습관을 들였다. 그 전에는 상대가 부탁할 때면 거절하지 못해 여러 개의 약속을 동시에 잡아 결국 상대에게도 싫은 소리를 들은 적이 있었는데, 약속을 잡기 전에 미리 메모를 들춰보는 습관을 들였더니, 오히려 매사에 계획적이고 꼼꼼하다는 소리를 듣게 되었다."는 식으로 단점과 그것을 극복하기 위해 노력한 사례를 구체적으로 쓸 수 있어야 한다.

이렇게 단점을 극복하기 위한 사례를 제시함으로써 단점보다도 장점을 부각시키는 자리로 만들 수 있다.

피동표현은 능동표현으로 바꿔라

"토끼가 나에게 잡혔다."

피동문은 주체의 의지가 드러나지 않는다. 자기소개서는 나의 의지를 밝히는 글이다. 따라서 토끼를 주체로 내세울 것이 아니라 나를 주체로 내세워 "내가 토끼를 잡았다."로 표현해야 한다.

"꿈을 갖고 지원하게 되었습니다."

누가 꿈을 갖고 지원했는가? 자신이 의지를 갖고 지원한 것인가, 아니면 누군가에게 떠밀려 지원하게 된 것인가? 이 문장은 "꿈을 갖고 지원했습니다."로 고쳐서 자신을 주체로 내세워야 한다.

피동형은 자신감이 없고 책임을 회피하는 표현이다. 물론 상황에 따라 완곡하고 겸손한 표현을 하기 위해서는 어쩔 수 없이 피동형을 써야할 때도 있지만 그렇지 않은 경우에는 반드시 능동형으로 고쳐야 한다.

피동표현에 익숙한 사람들 중에는 심지어 "~게 되어 지다.", "~처럼 보여 지다"와 같이 이중 피동표현을 사용하는 경우도 많은데 이것은 문법으로도 틀리는 표현이다.

자기소개서를 쓰는 과정에서 피동 표현을 많이 썼다면 평소의 언어생활도 살펴볼 필요가 있다. 글투는 말버릇을 반영한다. 피동형 말버릇은 면접에서도 큰 감점요인이다. 면접을 대비하기 위해서도 피동표현은 반드시 능동표현으로 고쳐 나가야 한다.

TIP

자기소개서 쓰기

1. 일대일 마케팅 전략을 수립하라

2. 양식과 요구사항은 반드시 지켜라

3. 회사와 업무에 맞는 성품 형성과 관련 시켜라

4. 업무능력과 관련된 노력과 열정을 제시하라

5. 트라우마를 극복하는 기회로 삼아라

6. 초두효과를 활용하라

7. 단점도 장점을 부각시키는 기회로 활용하라

8. 피동표현을 능동표현으로 바꿔라

제9강

이력서 쓰기

이력서는 A4용지 한 장 분량으로 나 자신을 포장하는 광고물이다. 사진, 인적사항, 학력, 경력, 수상실적, 자격증, 병역 관계, 가족사항 등을 한 장에 요약해서 담아야 한다. 따라서 글쓰기 실력보다는 입사서류에 맞게 적절히 자신을 포장하는 감각적 센스가 필요하다.

인사담당자를 배려하라

인사담당자도 사람이다. 사람은 똑같은 일을 반복할 때 지루함을 느낀다. 인사철이 되면 수많은 입사서류에 파묻혀 있는 사람이 인사담당자다. 따라서 남과 똑같은 형식의 이력서를 제출한다면 면접관의 지루함 속에 파묻히기 십상이다. 인사담당자가 원하는 것은 업무능력을 한

눈에 쉽게 판단할 수 있는 이력서다. 쓸모없는 수상경력이나 자격증, 아르바이트 경력 등을 장황하게 늘어놓는 것은 인사담당자를 피곤하게 만드는 일이다. 띄어쓰기와 맞춤법은 필수이고, 인터넷 용어나 이모티콘 등의 사용은 금물이다. 신입사원 모집이 같은 시기에 집중되다 보니까 간혹 지원회사명을 잘못 쓰는 경우도 있는데 이것은 정말 치명적이다. 여러분이 인사담당자라면 어떤 이력서를 좋아하겠는가? 한번만 입장을 바꿔서 생각해 보면 어떻게 준비해야 할지 방법이 보일 것이다.

인사서식 1호를 머릿속에서 지워라

요즘은 인터넷 접수가 보편화 되면서 문구점용 이력서를 사용할 기회는 많지 않다. 기업마다 별도의 서식을 제공하는 경우가 많기 때문에 홈페이지를 통해 반드시 점검하고 챙겨야 한다. 별도의 양식이 없다면 인사서식 1호에 구애받지 말고, 사진, 인적사항, 학력, 경력, 수상실적, 자격증, 가족사항 등을 항목별로 구분해서 인사 담당자가 한 눈에 쉽게 파악할 수 있도록 편의를 제공하는 것이 좋다.

사진은 면접 때와 비슷한 스타일로 준비하라

인사담당자는 사진을 통해 첫인상을 갖는다. 첫인상은 5초안에 결정되고, 이렇게 새겨진 첫인상이 바뀌는 데는 무려 40시간 이상이 걸린다. 조사 결과 인사담당자들의 86%는 첫인상이 좋으면 가산점을 준다고 응답한 것으로 나타났다.

사진은 첫인상의 큰 영향력을 끼치기 때문에 가급적 정성을 기울여야 한다. 가급적 면접 때의 복장과 헤어스타일, 메이크업과 똑같이 찍어서 면접관에게 익숙함과 친근감을 주는 것이 좋다. 사진관도 가급적 유명한 곳을 활용해서 이력서 사진용이라고 알리고 조언을 받는 것도 좋은 방법이다. 이때만큼은 최대한 시간과 비용을 투자할 필요가 있다. 과도하게 포토샵을 해서 면접관을 당황하게 만드는 것은 문제가 있지만, 어떻게든지 서류전형에 통과하기 위해서라면 포토샵을 최대한 활용할 줄도 알아야 한다.

요즘은 이력서에 사진을 첨부하는 것은 외모를 평가해서는 안 된다는 법규를 위반하는 것이라는 지적에 따라 대기업을 중심으로 사진란을 없애 나가겠다는 추세이다. 하루라도 빨리 이 제도가 전면적으로 실행되기를 바라는 마음 간절하다.

자격증은 업무와 관련 있는 것을 적어라

경력과 수상실적, 자격증 등은 많다고 좋은 것이 아니다. 가급적 업무와 연관성 있는 자격증 위주로 정리하는 것이 좋다. 업무와 관계없는 자격증을 모두 적었다가 자칫 인사담당자들에게 이 사람은 우리 업무가 아니어도 할 일이 많으니 중도에 그만 둘지도 모른다는 선입견을 심어줄 수 있다.

TIP

이력서 쓰기

1. 인사담당자를 배려하라

2. 인사서식 1호를 머릿속에서 지워라

3. 사진은 면접 때와 비슷한 스타일로 준비하자

4. 자격증은 업무와 관련 있는 것을 적어라

제10강

보고서 쓰기

용도를 확인하고 필수 항목을 챙기자

CEO를 포함해 직장인 55%가 "보고서를 잘 쓰는 것이 직장생활에서 성공하거나 승진에 큰 도움이 되는가"에 대한 질문에 '매우 그렇다'고 대답했다. 그 외에도 44%의 응답자가 '대체로 그렇다'고 대답해 전체 응답자의 99%가 보고서가 승진에 도움이 된다고 생각하는 것으로 나타났다.

응답자들은 74%가 "보고서 작성능력이 곧 직장에서의 업무능력과 매우 직결된다"고 답했다. 또한 응답자들은 본인이 CEO 또는 임원, 관리자에 이르기까지 '자신의 보고서 작성 능력이 승진에 영향을 끼쳤다고 생각하는가'에 대한 질문에 38%가 '매우 그렇다', 58%가 '대체로 그렇다'로 답해 보고서 작성 능력이 승진의 필수불가결한 요소임을 보여줬다.

중대한 보고서 작성시 적절한 판단을 위해 가장 유의해야 할 부분에

대한 질문에는 41%가 '보고서의 정확한 내용', 35%가 '명확한 목적'이라
고 답했다.

- '2007년 8월 22일 연합뉴스 보도자료' 중에서

보고서는 업무보고서, 연구보고서, 리포트 등이 있다. 업무보고서에
는 정책보고서, 상황보고서, 사업현황 보고서, 대책보고서, 정보조사
보고서, 출장보고서, 회의보고서 등이 있다. 주로 상부의 지시를 받아
작성한다.

보고서는 ①목표결정 ②현재 상황의 문제점 보고 ③해결방안 및 기
대효과 순으로 이뤄진다. 보고서의 목표결정은 결재자가 설정해서 과제
물로 주는 경우가 많다. 보고서를 통해 조직의 정책을 결정하거나 방침
을 설정하기 전에 상황을 파악하기 위한 자료로 활용하기 때문이다. 따
라서 보고서를 작성할 때는 결정권자가 원하는 것이 무엇인지 의도를
정확하게 파악해야 한다.

보고서는 조직에 따라, 용도에 따라 양식이 조금씩 다르다. 용도에
따라 보고서 양식을 확인해서 필수사항을 챙기는 것이 중요하다. 또한
보고서에서 요구하는 필수사항에 초점을 맞춰 정리하는 것이 좋다.

보고서의 구성

1. 제목 : 보고서의 성격, 전체 내용을 알 수 있게 한다.

2. 개요 : 전체 내용을 요약하고 배경과 목적을 서술한다.

3. 본론

    – 현황 및 문제점, 과거 사례와 대안 제시, 전망 등을 제시한다.

    – 중요도가 높은 상항을 먼저 기술하여 이해를 돕는다.

4. 결론 : 건의 사항, 향후 조치 등을 기술한다.

        필요시 참고자료 첨부한다.

요구를 충족시키는 제목으로 관심을 건드려라

① 00제품 시장 보고서

② 00제품 시장진출 향상 방안

③ 00제품 시장진출 30% 향상 방안

제품을 출시하기 위해 시장 보고서를 작성하라고 했더니 다음과 같은 제목의 보고서가 올라왔다. 결정권자라면 어떤 제목에 더 관심을 가질까? 현실적이고 구체적인 방안을 제시한 것처럼 보이는 ③번에 더 눈길이 가지 않을까?

이런 경우는 어떤가?

① 수요동향 보고서

② 신제품 000의 수요동향 보고서

③ 신제품 000의 10% 판매 수요동향 보고서

③은 제목만으로 명확한 용건을 파악할 수 있다. 결정권자는 당연히 이런 보고서에 후한 점수를 줄 수밖에 없다. 문서를 일일이 점검해 보지 않아도 제목만으로 전체 내용을 살펴 본 효과를 주기 때문이다.

왜(why), 어떻게(how)를 1순위로 올려라

보고서를 받는 이가 제일 궁금해 하는 것은 결과다. 따라서 제목으로 무엇을(what) 밝히고, 왜(why)와 어떻게(how)를 앞에 배치하는 것이 좋다.

〈누드글쓰기- 핵심을 찌르는 비즈니스 문서 작성법〉(김용무 지음, 팜파스)에서는 구체적인 방법으로 6하 원칙의 배열을 중요하게 다룬다.

먼저 6하 원칙을 생각해 보자.

①누가(who), ②언제(when), ③어디서(where), ④무엇을(what), ⑤왜(why), ⑥어떻게(how) 순으로 기억되지 않는가?

정보전달하는 글은 '사실+의견' 의 구조로 이뤄진다. ①~④를 통해 문제를 분석하고, ⑤~⑥를 통해 의견이 가미하는 구조다.

하지만 보고서는 선택되느냐, 마느냐의 절박함이 따른다. 결정권자의 마음을 움직여야 한다. 결정권자가 제일 중요하게 여기는 것은 '무엇을(what)' 이다. 그 다음이 '왜(why)' 와 '어떻게(how)' 이다. 그런데 '무엇을(what)' 은 제목으로 가는 경우가 많다.(보고서는 '왜?' 와 '어떻게?' 를 1순위로 올려야 한다.

제목 : AS요청 처리 결과(what의 간략한 내용)

1. 원인 : 사용자 조작 실수(why)

2. 조치 : 올바른 사용법 설명 후 조치 완료(how)

제목을 통해 '무엇(what)에 대한 정보를 주고, '왜?'와 '어떻게?'로 읽는 이의 관심을 충족시키는 명확한 목적을 달성해야 한다.

TIP

보고서를 이해하기 쉽게 꾸미는 방법

1. 용건이 명확한 소제목을 붙이자.

2. 키워드 중심으로 번호, 또는 기호를 붙이자

3. 번호, 기호로 상하위 체계를 정리하자

4. 강조한 부분에 포인트를 주자
   (ex : 밑줄긋기, 글자크기와 색 바꾸기, 굵게 쓰기 등)

5. 들여쓰기를 하자.

쉬운 표현으로 작성하자

보고서는 전문가의 관점에서 정보수집에 심혈을 기울여야 하고, 데이터 중심으로 현황 분석을 하고, 해결방안을 찾아 구체적인 실행계획을 제시해야 한다.

하지만 문서표현은 상대방의 관점으로 서술해야 한다. 상대방이 쉽게 이해하고, 한 점 의혹도 갖지 않도록 배려해야 한다. 간혹 전문가 티를 내기 위해 전문적인 용어를 쓰는 경우가 많은데, 상대가 알아듣지 못한다면 원하는 결과를 이끌어 낼 수 없다. 전문적인 용어를 쉽게 풀이해서 쓰는 것이 좋다.

또한 시각적인 효과를 활용해야 한다. 누군가의 눈과 마음을 끌기 위해서 이미지는 필수다. 보고서도 마찬가지다. 아무리 좋은 내용을 담고 있더라도 이미지가 좋지 않으면 눈길을 끌기 어렵다. 내 문서에 관심을 갖도록 이미지에 신경을 써야 한다. 제목과 부제목의 조화, 핵심 내용을 강조하기 위해 방점을 찍거나 밑줄을 긋는 센스, 적절한 글자크기로 안정감을 주는 미적 감각을 발휘할 수 있어야 한다.

보고서는 '좋은 내용'을 '알기 쉽게 전달'하기 위해 ①전문가의 관점에서, ②상대방을 배려하는 쉬운 표현으로, ③보기 좋게 작성해야 한다.

구체적인 대안을 제시하라

보고서는 완결성을 갖춰야 한다. 완벽한 형식과 내용을 갖춰야 하고, 결정권자가 추가 질문을 하지 않도록 양식에 맞춰 완벽하게 작성해야 한다.

보고서의 목적은 다음과 같다.

① 정책을 결정하기 위해 상황 파악 자료로 활용하기 위한, ② 결정권자가 상황을 확인하고 의사결정을 할 수 있도록 하기 위한, ③ 사업 결과에 대한 평가와 업무 독려를 위한, ④ 현황파악을 통해 경영 전략을 수립하거나 당면한 문제를 해결하기 위한 것이다.

어떤 문제에 대해 평가하고 분석하는 보고서라면, 구체적인 대안을 제시해야 한다. 설사 결정권자가 요구하지 않더라도 나름대로 보고서를 작성하는 과정에서 알게 된 문제점을 바탕으로 대안을 제시해 보는 것이 좋다.

대안을 제시할 수 없는 보고서는 좋은 글이 아니다. 보고서를 현실적이고, 이상적인 것으로 만들기 위해서라도 구체적인 대안을 제시해야 한다.

TIP

보고서 작성 포인트

1. 결정권자의 요구나 기대에 초점을 맞춘다.

2. 결론을 먼저 제시하여 보고내용을 명확히 알게 한다.

3. 사실과 의견을 명확히 구분한다.

4. 쉽게 이해할 수 있도록 간결하게 작성한다.

5. 장문의 경우 요약문을 붙인다.

6. 마지막에 의견과 대안을 제시한다.

5

SECTION

상대의 귀와 마음을 열어라

논설문 쓰기

연설문 쓰기

보도자료 쓰기

제11강

논설문 쓰기

사회현상에 관심을 갖자

"드라마는 여자들이나 보는 거야."

"정치는 정치인들이 하는 거야."

"역사는 역사가의 몫이야."

"난 연예에 관심이 없어."

이런 식으로 말하며 자신만의 울타리를 치는 사람이 많다. 물론 자기 분야의 전문가가 되기 위해 한눈을 팔지 않는 것이 좋을 수도 있다. 하지만 설득하는 글을 쓰려면 자신만의 울타리를 걷어내야 한다.

가끔은 드라마의 명대사를 활용할 줄도 알아야 하고, 사회문제의 핵심은 정치에 있다는 것을 짚을 줄도 알아야 하고, 역사를 통해 현재를 조명하면서 설득력을 높일 수 있어야 하고, 대중의 관심을 끄는 연예인이나 스포츠 스타들의 이야기로 공감대를 넓혀 나갈 줄도 알아야 한다.

신문사설에 너무 매이지 말자

논설문을 잘 쓰려면 신문사설을 활용해야 한다는 인식이 널리 퍼져 있다. 필자 역시 신문사설을 이용한 글쓰기를 시도했었다. 하지만 학생을 상대로 실전논술 강의를 하면서 신문사설 투에 익숙한 학생이 쉽게 그 틀을 깨지 못해 불이익을 보는 경우를 많이 경험했다.

신문사설은 신문사의 성향에 따라 일방적인 주장만 쏟아 놓는 문제점이 있다. 그래서 논술출제위원들이 '정파적 편가르기'와 그에 따른 논리적 비약, 근거 부족을 이유로 신문사설이 글쓰기 교재로 적합하지 않다고 말한다. 필자 역시 전적으로 공감한다.

신문사설은 자기만의 주장과 색채가 너무 뚜렷하다. 신문사와 제목만 보고도 그들이 주장하는 바가 무엇인지 쉽게 짐작할 수 있을 정도다. 일방적인 강요에 가까운 논조로 쏟아내고 있어서 엄밀한 의미에서 설득하는 글이라고 보기도 어렵다. 독자의 마음을 잡기 위해 노력을 기울인 흔적을 찾기도 어렵다.

글쓰기를 배우면서 초기에 이런 글에 익숙해지면 자신도 모르게 이와 비슷한 글을 양산할 수 있다. 이것이 버릇이 되면 쉽게 고치기도 어렵다. 글은 자신의 인격을 드러낸다. 신문사설과 같은 논조로 글을 썼다가는 독단적이고 독선적인 성격의 소유자라는 평가를 받을 수 있다.

혹자들 중에는 성향이 다른 신문을 골고루 보면 좋다고 하지만, 그것은 어느 정도 글쓰기 실력을 갖춘 사람들이 서로 다른 의견을 배울 때 필요하다. 이제 막 용기를 내서 글쓰기를 배우는 사람이라면 처음부터 신문사설에 물들지 않는 것이 좋다.

좋은 글 하나를 머릿속에 생생하게 담고 있자

논설문을 쓸 때는 서론에서 문제제기와 호기심을 유발하고, 본론에서 구체적인 논지를 전개하고, 결론에서 요약 정리하는 식으로 마무리를 지어야 한다고 배웠다. 글을 쓰기 전에 이런 형식에 매이다 보면 글쓰기를 더욱 어렵게 만드는 경우가 많다. 글쓰기를 어려워하는 이들은 학창시절에 이와 같이 형식에 맞춰 글쓰기 교육을 받았던 적이 많다. 그냥 자연스럽게 쓰면 되는데, 먼저 형식을 지켜야 한다는 생각에 걸려 더 이상 진도를 못 나가는 경우가 많다.

논제 : '선물과 뇌물을 구분하고, 뇌물 방지책을 제시하라.'

① 지난 여름 방학 때 선생님께서 반 친구들에게 자장면을 사 주셨다. 자장면을 다 먹은 후에 선생님께서 "여름 방학 때 보충 수업이 있으니까 말썽 피우지 말고 모두 참석할 수 있도록 하자"라고 부탁했다. 이때 선생님께서 우리에게 사 주신 자장면은 선물일까, 뇌물일까?

② 사람들은 선물과 뇌물의 차이를 대가로 판단하려 한다. 선물은 대가를 바라지 않지만 뇌물은 대가를 바란다는 것이다. 그런데 과연 선물과 뇌물을 대가로만 구분할 수 있을까? 앞에서 예로 든 것처럼 선생님께서 사주신 자장면은 대가를 바랐지만, 이런 것까지 뇌물이라고 한다면 문제가 있다.

선물과 뇌물은 대가를 바랐느냐, 아니냐가 아니라 피해자가 있느냐 없느냐로 구분해야 한다. 선물은 사람의 관계를 돈독하게 하고 사회를 아름답게 만들지만, 뇌물은 이해관계에 있는 사람들을 피해자로 양산하면서 사회를 병들게 한다. 간혹 고위직에 있는 사람들이 뇌물성 물품수수로 사회적인 물의를 일으키고도 대가성이 없기 때문에 뇌물이 아닌 선물이라고 항변하는 경우가 많다. 그래서 뇌물의 폐해를 지적하며 이해관계에 있는 사람들 사이에는 대가성에 관계없이 무조건 준 사람이나 받은 사람을 모두 뇌물죄로 처벌하자는 의견도 상당히 설득력을 갖고 있다. 하지만 이런 의견은 감정적으로는 옳은 주장일지 모르지만, 현실적으로는 자칫 사람과의 관계를 돈독하게 해주는 선물이라는 미덕마저 뿌리째 뽑아 낼 우려가 있다. 그야말로 빈대 잡으려다 초가삼간 태우는 우를 범할 수 있는 것이다.

따라서 뇌물을 방지하기 위해서는 선물의 미덕을 지켜나가면서 뇌물의 병폐를 최대한 줄이는 방법을 모색해야 한다. 그 방법 중에 하나가 이해관계에 있는 사람들끼리 피해자가 발생하지 않도록, 주고 받을 수 있는 선물의 적정선을 법으로 정하는 것이다. 사회 통념상 3만 원 정도면 웬만한 사람이면 서로 부담없이 선물로 주고 받을 수 있다. 그리고 이 정도 금액이 뇌물로 건네졌다 하더라도 피해를 보는 사람은 거의 없을 것이다.

그러므로 이해관계에 있는 사람들끼리 주고 받을 수 있는 선물의 상한선을 3만 원으로 제한하는 뇌물방지법을 제정했으면 한다. 그러면 인간관계를 돈독하게 하는 선물의 미덕을 지켜나가면서, 한편으로 우리 사회에 만연해 있는 뇌물의 병폐를 어느 정도 해소해 나갈 수 있을 것이다. 하루라도 빨리 선물로 위장한 뇌물의 병폐를 해결하기 위해 3만 원을 상한성으로 하는 뇌물방지법을 제정했으면 한다.

많은 이들은 1,200자 분량을 채우지 못했다. 천편일률적으로 '선물은 ~이고, 뇌물은 ~이다'는 식으로 논제의 뜻풀이로 시작하는 경우가 많았다.

그런데 이 글은 어떤가? 처음부터 구체적인 사례로 '이게 뭐지?' 라는 호기심을 자극해서 점점 빠져들게 한다. 정식으로 틀에 박힌 논설문 쓰기 형식을 배운 학생이라면 ②가 맨 앞으로 가고, ①이 뒤로 배치했을 것이다. 아니, ①같은 사례는 주관적인 경험이라 논설문의 근거로 활용할 생각조차 못했을 것이다.

필자는 사설을 쓰다 막히면 잠시 머리를 식히며 이 글을 머릿속으로 떠올려 본다. 그러면 쓰고자 하는 글의 윤곽이 서서히 자리 잡을 때가 있다. 좋은 글 하나를 머릿속에 생생하게 담고 있는 힘은 매우 크다.

논제 유형별로 핵심을 짚어라

논설문 주제를 자기 마음대로 쓰는 사람은 많지 않다. 신문사설은 논제가 먼저 정해지고, 그 논제에 맞춰 글을 쓰는 경우가 대부분이다.

논설문을 쓸 때는 무엇보다 먼저 논제의 핵심을 잡는 것이 중요하다. 논제를 유형별로 묶으면 크게 세 가지로 나눌 수 있다. 각 유형별 특징과 유의할 점을 잘 숙지하면 많은 보탬이 될 것이다.

첫째, 여러 가지 의견이 있는 문제 유형이다. '직장 내 휴식 공간 마련하기', '상사 또는 부하가 갖춰야 할 자질', '조직과 개인의 관계 설정' 등이 있다. 이런 논제들을 다룰 때는 대안을 나열로 늘어놓아서는 안 된다. 내용을 많이 다룰 수 있어 분량은 쉽게 채울 수 있을지 모르지만, 자칫 누구나 다 아는 이야기를 앵무새처럼 옮겨놓는 것에 불과해 좋은 평가를 받을 수 없다. 가장 현실성 있는 문제를 찾아 자신만이 제시할 수 있는 사례로 실현 가능성 있는 방안을 제시하는 것이 좋다.

둘째, 찬성 또는 반대로 나눠지는 문제 유형이다. '단체 유니폼 착용', '남녀 차별 또는 역차별 문제', '안락사 문제', '보편적 복지와 선별적 복지', '성과급제와 연봉제', '종교의 정치적 참여' 등 민감한 문제들이 많다. 이런 논제를 다룰 때는 한쪽의 일방적인 주장만 내세워서는 안 된다. 가급적 반대의 의견도 존중해서 서로의 장단점을 제시하고, 자신이 주장하는 의견이 조금이라도 더 장점이 있다는 식으로 주장을 펼치는 것이 좋다. 간혹 찬반의견을 모두 다루며 양쪽 다 좋다는 양시론이나, 양쪽이 다 안 좋다는 양비론을 펼치는 경우가 있는데, 이것은 주장이 드러나지 않을 뿐더러 현실에 구체적으로 적용할 대안을 제시하지 못해 좋은 방법이 아니다.

셋째는 모두가 다 인정하는 문제 유형이다. '공중도적 지키기', '직장 예절 지키기', '에너지 절약', '조직간 원활한 업무연계' 등이 있다. 이런 논제는 너무 뻔한 원론적인 방안을 제시해서는 안 된다. 가급적 구체적인 상황을 언급하고, 거기에 맞는 현실적인 대안을 제시하는 것이 좋다. 감성적이고 중수필적인 내용으로 다루는 것도 무난한 방법이다.

객관적이고 구체적인 사례로 설득력을 높이자

월드컵에서 감독이 우승을 이끌기 위해서 세 가지를 잘해야 한다는 우스갯소리가 있다. 첫째는 훌륭한 선수를 선발해야 하고, 둘째는 공격수는 골을 잘 넣도록 훈련시켜야 하고, 셋째는 수비수는 골을 먹지 않도록 훈련을 잘 시켜야 한다는 것이다.

분명히 맞는 말인데 웃음을 주는 이유는 무엇일까? 추상적인 이야기고, 구체적인 실현방법이 빠져 있어서 공감할 수 없는, 속된 말로 어이없는 말이기 때문이다.

신문사설이나 논설문을 읽다 보면 이처럼 뻔한 이야기로 전개하는 글들이 많다. 앞 부분만 읽고도 무슨 말을 하려는지, 글쓴이의 의도를 금방 알아차릴 수 있다. 누가 이런 글에 마음을 움직여 설득을 당하겠는 가? 정말 진지하게 고민해 봐야 한다.

논설문의 사전적 의미는 '사회적 문제나 현상, 사실 등에 대하여 문제를 제기하고 자신의 의견과 생각을 주장하여 다른 사람을 설득하는 글'이다. 설득력을 높이기 위해서는 주장에 대해 공감할 수 있도록 해야 하고, 공감을 끌어내기 위해서는 구체적인 사례로 체감할 수 있게 해야 한다. 그것이 월드컵 우승 비법 같은 우스갯소리로 빠지지 않는 길이다.

구체적인 사례를 제시하는 글을 보고 '수필 같은 논설문'이라 평가 절하 하는 이들도 있다. 물론 전문가들의 학술적인 관점에서는 충분히 그럴 수 있다. 하지만 현실에서는 '수필 같은 논설문'이 결코 부정적인 것만은 아니다. 수필과 논설문은 공통점이 많기 때문이다.

수필은 미셀러니(miscellany)와 에세이(essay)로 나눈다. 미셀러니는 개인적인 이야기를 주로 다루는 경수필, 에세이는 사회적인 문제를 다룬 중수필로 분류한다. 국어사전에는 수필을 대표하는 외래어로 에세이를 선택했다. 그래서 에세이라고 하면 대개 우리가 생각하는 수필을 떠올리지만, 엄밀한 의미에서 에세이는 논설문과 크게 다르지 않다. 영어권에서는 논술, 논문과 같이 사회적인 문제를 다룬 논리적인 글을 에세이라고 한다. 간혹 '수필 같은 논설문'이라거나, '논설문 같은 수필'이라는 평가를 받는 글들이 눈에 띄는데, 논설문과 에세이의 경계는 그만큼 모호하다.

우리는 쓰고 싶어서 논설문을 쓰는 경우는 거의 없다. 학생은 시험을 보기 위해서, 직장인은 특별한 일이 생겨 청탁을 받거나 조직의 문제를 해결하기 위한 과제로 쓸 때가 많다. 이때 중요한 것은 먼저 논제의 핵심을 찾고, 주제에 맞는 객관적이고 구체적인 사례를 제시하는 것이다. 객관적이고 구체적인 사례를 제시하면서 가까운 이를 설득하듯이 자연스럽게 전개해 나가면 된다.

TIP

논설문 쓰기

1. 사회현상에 관심을 갖자

2. 신문사설에 너무 매이지 말자

3. 좋은 글 하나를 머릿속에 생생하게 담고 있자

4. 논제 유형별로 핵심을 짚어라
   1) 여러 가지 의견이 있는 논제
   2) 찬반 의견이 갈라지는 의견
   3) 모두가 다 인정하는 논제

5. 객관적이고 구체적인 사례로 설득력을 높이자

제12강

연설문 쓰기

꼭 필요한 세 가지 말을 챙겨라

첫째, 연사로서 하고 싶은 말
둘째, 청중이나 독자가 필요로 하는 말
셋째, 상황에 따라 꼭 해야 할 말

연설문은 현장에서 청중과 만날 것을 전제로 한다. 따라서 위에 제시한 세 가지가 빠지면 설득이라는 본래목적을 달성하기 어렵다. 자신이 하고 싶은 말만 했다가 청중으로부터 외면을 당하거나, 청중이 필요한 말만 했다가 분위기에 휩쓸려 정작 하고 싶은 말을 다 못할 수 있다. 상황에 따라 꼭 해야 할 말은 물론 애드리브로 처리할 수 있다. 그러나 사전에 치밀한 준비를 통해 미리 준비한다면 그 효과를 극대화시킬 수 있다.

의사전달은 말이나 글로만 이뤄지지 않는다. 화자와 청자, 시간과 장소, 그리고 상황에 따라 같은 말이라도 뜻은 얼마든지 다르게 전달된다. 연설문은 상대방 태도의 변화를 이끄는 글쓰기다. 상대의 마음을 사로잡고, 적절한 반응을 이끌어 내기 위해 필요한 것이 무엇인지 수시로 챙겨 나가야 한다.

청중에게 질문을 던지고 참여시켜라

2009년도에 SBS에서 절찬리에 상영되었던 '시티홀'이라는 드라마에서 주인공인 차승원이 했던 명연설이 인터넷에 회자되고 있다. 선거 유세의 앞 구절을 인용해 본다.

"제가 질문 하나 드리겠습니다. 1억을 버는 게 빠를까요, 세는 게 빠를까요?(세는 것이 빠르다는 답을 유도한 후)

과연 그럴까요? 그럼 가정을 해봅시다. 1초에 하나씩 센다, 밥도 안 먹고 잠도 안 자고 연애도 안 하고 하루 24시간 오로지 숫자만 센다. 그러면 하루 24시간, 분으로는 1,440분, 초로는 86,400초가 나옵니다. 86,400초로 1억을 나눠보면, 1억을 세는 데 걸리는 시간은 일로 따지면 1,157일, 월로 따지면 약 39개월, 년으로 따지면 약 3년 2개월이 나옵니다.

그런데 어떻게 사람이 24시간 숫자만 셉니까? 천 단위 넘어가면 과연 1초에 하나씩 셀 수나 있을까요? 2초씩 잡으면 7년이 넘고 3초씩 잡으면 10년이 넘게 걸린다는 얘깁니다.

그럼 처음 질문으로 돌아가서 1억을 버는 게 빠를까요, 세는 게 빠를까요?"

사람은 누구나 설득 당하지 않으려 한다. 연설문을 쓸 때는 사람들의 이런 심리를 잘 활용해야 한다. 설득 당하지 않으려고 경계심을 갖고 있는 독자에게 처음부터 본심을 드러내는 것은 어리석은 행동이다. 최대한 독자의 경계심을 해제시키기 위해 공을 들여야 한다.

"뭐야?"

처음에 이런 생각이 들게 질문을 던지며 참여를 유도하면 청중은 자신도 모르게 경계심을 풀게 된다. 앞에서 인용한 '시티홀'의 차승원처럼 허를 찌르는 질문을 활용하는 것이 좋다. 우스갯소리를 활용한 질문도 좋고, 기본상식을 깨뜨리는 반전이 있는 사례로 질문을 던져도 좋다. 청중이 대답할 수 있으면 더욱 좋지만, 설사 대답이 없더라도 답을 생각하며 참여하도록 유도할 수 있으면 좋다.

물론 활용되는 질문은 연설의 주제와 관련이 있어야 한다. 단순히 참여를 유도하는 것이 목적이 아니라 내 뜻을 독자에게 정확히 전달해서 독자의 마음을 움직이는 것이 연설문의 목적이라는 것을 잊어서는 안 된다. 주제를 정확하게 전달하지 못한다면 알맹이가 없다는 평가를 받을 수 있다. 괜히 주제와 관계없는 정치적이나 종교적인 말, 또는 음담패설로 질문을 던졌다가는 오히려 역효과에 시달릴 수 있다. 반드시 주제와 관련된 소재를 선택해서 주제전달의 효과를 극대화 시켜야 한다.

흥미를 끄는 사례로 감성을 자극하라

사람이 만물의 영장이 될 수 있었던 것은 이성을 소유했기 때문이다. 하지만 엄밀하게 따져 본다면 인간만큼 감정적인 동물도 없다. 한번 감정에 빠지면 물불을 가리지 않을 정도로 잔인해지는 것이 사람이다.

연설문은 객관적인 자료를 수집하고, 이성적 판단을 이끌기 위해 합리적이고 논리적인 구성에 공을 들여야 한다고 배웠다. 물론 매우 중요한 말이다.

하지만 그동안 이런 틀에 박힌 글쓰기 방법 때문에 편지글이나 수필은 잘 쓰면서도 유독 연설문은 어려워하는 사람이 많다. 독자들 중에도 이런 선입견과 고정관념 때문에 연설문을 쓰려고 하면 괜히 주눅이 들어 꼬리를 내려 본 경험이 있을 것이다.

청중의 마음을 얻기 위해서 가장 먼저 고려해야 할 것이 바로 감성이다. 이성적 판단을 돕기 위해 객관적인 자료를 근거로 제시하고, 논리적이고 합리적인 체계와 구성을 갖추는 것도 중요하다. 하지만 이런 이야기는 아무리 좋은 내용을 담고 있어도 딱딱하고 지루해서 끝까지 참고 듣기가 힘들다.

이때 중간 중간에 전달하고자 하는 메시지와 관련된 개인적인 경험이나 적절한 일화를 들려주면 이야기 속에 빠져들어 감성을 자극하기 때문에 메시지 전달의 효과를 극대화시킬 수 있다.

청중의 관심사를 다뤄 해결책을 제시하라

마음을 움직이는 방법에는 크게 두 가지가 있다. 첫째는 물리적인 힘으로 강제해서 억지로라도 듣게 만드는 것이고, 둘째는 설득을 해서 상대가 스스로 선택하게 만드는 것이다. 예전에는 전자의 경우가 많이 사용되었다. 상명하복의 사회구조상 권력을 가진 이가 말을 듣지 않으면 불이익을 줌으로써 상대가 선택할 수밖에 없이 만드는 가장 손쉬운 방법이었다. 그러나 지금은 민주주의가 발달하고 수평적인 사회구조로 바꿔면서 힘이 있다고 선택을 강요했다가는 어느 한순간에 인사평가에서 불이익을 당해 자리를 보전할 수 없게 되었다.

상대의 마음을 얻고 싶으면 설득을 해야 한다. 설득은 처음부터 끝까지 상대의 선택권을 존중해 주는 자세가 기본이다. "내 주장이 옳으니까 따라와 달라"가 아니라, "내 말을 들으면 이렇게 좋은 점들이 있으니 선택해 달라"는 마음으로 접근해야 한다.

연설문은 이 점에 유의해야 한다. 내 욕심을 채우려고 하기보다 상대의 관심사를 다뤄 진심으로 상대를 위한 해결책을 제시해서 상대가 스스로 마음을 움직이게 만들어야 한다.

우리 모두는 우리가 심각한 위기에 처해 있다는 사실을 잘 알고 있습니다. 미국은 폭력과 증오의 광범위한 조직망에 맞서 전쟁을 치르고 있습니다. 미국 경제는 심각하게 약화되었습니다. 이것은 일부의 탐욕과 무책임의 결과이기도 하지만 어려운 결정을 내리고 새로운 시대를 미처 준비하지 못한 우리 모두의 과오이기도 합니다.

사람들은 집과 일자리를 잃었고, 폐업 사태가 벌어졌습니다. 의료비 부담이 크게 증가했고, 공교육이 무너졌습니다. 우리의 에너지 소비 태도가 우리의 적들을 배불리는 한편 지구를 위협하고 있음을 보여주는 증거가 속속 드러나고 있습니다.

자료와 통계에 따른 이러한 것들이 위기의 지표입니다. 수치화할 수는 없지만 결코 가볍게 여겨서는 안 되는 문제도 있습니다. 미국 전역에 퍼져 있는 자신감 약화가 바로 그것입니다. 미국의 쇠퇴는 이제 불가피하며, 다음 세대는 목표를 낮추어야 한다는 두려움이 국민들 사이에 널리 퍼져 있습니다.

오늘 저는 여러분께 우리가 처한 상황들이 모두 사실이라는 점을 말씀

드리고 싶습니다. 심각하고도 다양한 문제가 산재해 있습니다. 이 문제들은 쉽게 해결되거나 단기간에 해결할 수는 없습니다. 하지만 국민 여러분, 이 점을 명심하십시오. 우리는 반드시 해낼 것입니다.

　　- 〈미국 대통령의 명연설문〉, 버락 오바마의 '취임연설문' 중에서

옛날 이야기 구조를 활용하라

"할머니 옛날 이야기 들려 주세요."

"어떤 걸루?"

"무서운 이야기요."

"재미있는 이야기요."

"그래? 그럼, 오늘은 무서운 이야기로 시작할까? 옛날 옛날에~"

할머니가 옛날 이야기 들려주는 구조를 떠올려 보자. 시작할 때 "오늘은 무서운 이야기를 시작할까?"라며 먼저 메시지를 던져준다. 그리고 먼저 아이들의 반응을 살핀다. 간혹 재미있는 이야기를 기다렸던 아이가 무서운 이야기라는 말에 기겁을 하면, 그 아이에 맞춰 무서운 수위를 조절하기도 한다.

그리고 본격적으로 옛날 이야기를 들려주고, 마지막으로 "그래서 나쁜 짓을 하면 이렇게 무서운 벌을 받으니까 항상 조심하며 살아야 한다."며 자신이 전하고자 하는 메시지를 구체적으로 강조하며 마무리를 짓는다.

연설문을 쓸 때 이 구조를 떠올리면 한결 수월하게 써나갈 수 있다. 앞 부분에서 먼저 청중의 관심사에 맞춰 "무엇에 대해 이야기하겠습니다."라고 메시지를 던져준다.

그리고 청중의 반응을 떠올리며 거기에 맞춰 메시지를 뒷받침하는 사례를 들려주고, "그렇기 때문에 ~게 해야 한다."라는 식으로 마무리를 지으면 좋다.

시간 배정을 염두에 두어라

2백자 원고지 2장이면 1분 정도 연설을 할 수 있다. 10포인트로 A4용지 한 장이면 4~5분 분량이다.

연설 시간이 5분 이내라면 메시지와 사례를 한 가지로 단순화 시켜야 한다. 앞 부분에서 메시지를 언급하고, 그에 대한 구체적인 사례를 들어, 다시 한번 메시지를 강조하는 단순구조로 마무리 짓는 것이 효과적이다.

연설 시간이 10분 이내라면 서로 관련된 두 가지 정도의 사례를 들어 메시지를 부각시키는 것이 좋다. 앞 부분에 먼저 한 가지 사례를 제시해 흥미를 유발시키며 자연스럽게 메시지를 부각시키고, 재차 두 번째 사례로 흥미를 끌어 들인 다음에, 끝으로 두 가지 사례를 결부시켜 공통된 메시지를 강조하며 마무리를 짓는 것이 좋다.

연설 시간이 15분 이상이라면 최소 A4용지 네 장 이상이 필요하다. 자칫 분량에 대한 부담감 때문에 메시지도 늘어날 수가 있다. 그러나 아무리 시간이 길어지더라도 명심해야 할 것이 있다. 과유불급, 청중에게 너무 많은 메시지를 전달하고자 하면 오히려 역효과를 볼 수 있다. 15분 이상이 주어졌다면 전달하는 메시지도 많을 수 있다. 하지만 절대로 세

가지 이상을 넘어서는 안 된다. 메시지가 세 가지를 넘어서면 오히려 모든 것을 다 외면당할 수 있다. 앞 부분에 메시지를 분류해 제시해주고, 5분짜리 연설을 세 번에 걸쳐 하는 것처럼 단계적으로 마무리 지어주며, 마지막에 다시 한번 세 가지 메시지를 요약정리해서 강조하는 것으로 마무리짓는 것이 좋다.

TIP

연설문 쓰기

1. 꼭 필요한 세 가지 말을 챙겨라
   1) 연사로서 하고 싶은 말
   2) 청중이나 독자가 필요로 하는 말
   3) 상황에 따라 꼭 해야 할 말

2. 청중에게 질문을 던지고 참여시켜라

3. 흥미를 끄는 사례로 감성을 자극하라

4. 청중의 관심사를 다뤄 해결책을 제시하라

5. 옛날 이야기 구조를 활용하라

6. 시간 배정을 염두에 두어라

제13강

보도자료 쓰기

기자의 입장을 최대한 배려하자

보도자료는 조직이나 기업의 마케팅 담당자들이 언론 매체를 통해 전하고 싶은 내용을 기록해서 제공하는 자료이다. 보통 신상품을 출시했을 때 많이 작성한다. 보도자료는 첫째는 신문기자를 설득해서 기사로 싣게 만들고, 궁극적으로는 독자로 하여금 상품을 구매하게 만드는 설득적인 요소를 갖춰야 한다.

그렇다면 어떻게 기자의 마음을 사로잡을 것인가? 기자의 입장을 배려해야 한다. 기자는 특종을 잡기 위해 뛰는 사람이다. 요즘은 인터넷과 연결되어 클릭 수에 따라 성과급을 지급하는 곳이 많다. 따라서 그만큼 가치 있는 내용으로 독자의 관심을 끌 수 있는 기사라면 기자에게 최고의 선물인 것이다.

언론에서 중시되는 자료 & 경시되는 자료

1. 중시되는 자료
① 업계의 VIP나 해당분야의 전문가 동정

② 획기적인 연구개발 결과나 신제품 개발

③ 공공성이 있는 기사

④ 실질적인 도움을 주는 기사

⑤ 시기에 적절한 기사

2. 경시되는 자료
① 불확실한 기사

② 지나치게 친절한 긴 기사

③ 공공성이 부족한 기사

④ 너무 광고티 나는 기사

⑤ 시기가 적절하지 못한 기사

독자의 입장을 고려하자

보도자료는 독자의 마음을 사로잡아야 한다. 요즘은 워낙 기사문 같은 광고문이 많이 나와 웬만한 독자는 기사를 보고 쉽게 마음을 열지 않는다. 보도자료는 이런 독자의 심리까지 고려해야 한다.

핵심정보를 앞에 제공해서 독자의 흥미를 끌고, 구체적인 정보를 제공함으로써 신뢰를 갖게 해야 한다. 또한 정보의 군더더기를 빼서 핵심을 더욱 부각시켜야 한다.

기사문으로 완결된 보도자료를 보내자

기자는 하루에 수십 편의 기사를 써야 한다. 이들에게 우리 이야기 좀 써 달라며 기사거리를 제공하는 보도자료를 보낸다면 귀찮은 일을 만들어 주는 꼴이다. 기자 입장에서는 굳이 시간을 들여서 써줄 이유가 없다.

따라서 기자의 입장을 배려해서 기사문으로 완결된 보도자료를 보내야 한다. 물론 다른 이들도 그렇게 하기 때문에 그들과 경쟁을 해야 한다. 기자는 수많은 보도자료 기사문을 보고 그 중에 가장 마음에 드는 것을 싣는다.

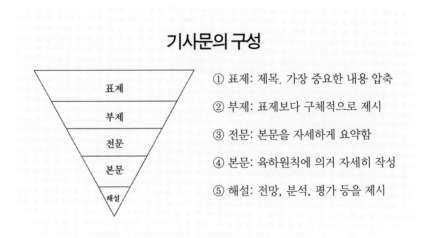

기사문의 구성

표제
부제
전문
본문
해설

① 표제: 제목. 가장 중요한 내용 압축

② 부제: 표제보다 구체적으로 제시

③ 전문: 본문을 자세하게 요약함

④ 본문: 육하원칙에 의거 자세히 작성

⑤ 해설: 전망, 분석, 평가 등을 제시

1. 사실성

내용은 있는 그대로의 객관적인 사실을 전달해야 한다. 기사문에 주관이 개입하면 신뢰성을 잃는다. 판단은 독자에게 맡기고 사실 보도에 초점을 맞춰야 한다. 보도자료는 아무리 상품을 자랑하고 싶고, 많이 팔고 싶더라도 결코 광고티를 내지 않게 사실 위주로 써야 한다.

2. 정확성

정보는 누가 봐도 정확해야 한다. 세상에는 수많은 사람들이 있다. 특히 우리에게는 네티즌이라는 막강한 검증단이 있어서 조금이라도 정확하지 않은 기사는 금방 들통난다. 그 정도가 심하면 오보, 또는 왜곡으로 매도 당할 수 있다. 보도자료를 한 번 쓰고 말 것이 아니라면 정확성에 심혈을 기울여야 한다. 한 번이라도 오보, 또는 왜곡 시비에 말려든다면 역효과를 보게 된다.

3. 신속성

시간이 지나면 흥미를 끌 수 없다. 신속성이란 소식을 빨리 전해야 한다는 의미도 있지만, 엄격하게 말하자면 타 경쟁사보다 새로운 기사를 실어야 한다는 의미이기도 하다. 같은 사건이라도 신속성 있게 대처한 기자는 특종을 건질 수 있지만, 조금이라도 늦은 기자는 뒤로 밀릴 수밖에 없다. 따라서 기사문에서 강조하는 신속성은 특종과 통하는 말이다. 특종은 곧 남들이 쓰지 못한 나만의 새로운 기사를 의미한다. 보도자료를 작성할 때 먼저 내가 쓰고자 하는 상품과 관련된 기사가 나온게 없는지 인터넷 검색을 해봐야 한다. 비슷한 상품을 소개한 기사가 나왔다면 독창성을 발휘해서 전혀 새로운 상품처럼 소개할 줄 알아야 한다.

4. 간결성

지면이 한정되어 있어서 사실 위주로 간결하게 써야 한다. 장황하게 꾸미거나, 미사여구를 사용하는 것을 지양하자. 가급적 형용사(많은, 좋은, 뛰어난, 월등한 등)와 부사(매우, 아주, 반드시 등)는 사용하지 않는다.

5. 육하원칙

'누가', '언제', '어디서', '무엇을', '어떻게', '왜'는 기사문의 필수 항목이다. 보도자료도 이 원칙에 입각해서 작성해야 한다.

적당한 시기와 방법을 선택하라

보도자료의 일차적인 목적은 언론에 실리는 것이다. 아무리 좋은 기사라도 시기가 맞지 않으면 뉴스 가치가 떨어지거나, 다른 기사에 밀릴 수 있다. 적당한 시기를 선택하는 것은 매우 중요한 감각이다.

첫째, 금요일과 주말은 피하는 것이 좋다. 일반적으로 토요일엔 전체 지면의 수가 평일보다 4~8면 정도 줄어든다. 또한 토요일판은 기획기사의 비중이 높아 당일 뉴스 지면은 더욱 적어진다. 또한 국내 대부분의 일간지는 직장 구독율이 높다. 토요일 휴무는 사실상 토요일자 신문을 보지 못하는 사람을 많이 늘어나게 했다. 온라인 독자도 평일보다는 주말에 많이 감소하는 것으로 조사된다. 공휴일이 다가오거나 다른 뉴스가 진행되는 상황에는 보도자료 배포를 피하는 것이 좋다. 특히 신문에 보도되기를 원한다면 금요일에 보도자료를 배포하는 것은 좋지 않다.

둘째, 사회에 큰 뉴스가 있을 때는 피하는 것이 좋다. 월드컵이나 올림픽 같은 국제적인 행사가 있을 때는 말할 것도 없고, 정치적인 사건이 터질 때는 더더욱 시기를 살펴야 한다. 대개 이 무렵에 대중적으로 관심이 많은 연예인이나 스포츠 스타의 스캔들이 터지곤 한다. 내가 심혈을 기울여 쓴 보도자료일지라도 언론에 실릴 자리는 더욱 좁아진다.

셋째, 평소에 언론담당 기자와 인맥을 관리해야 한다. 담당 기자에게는 하루에도 수많은 보도자료가 제공된다. 뿐만 아니라 그들은 나의 경쟁사의 주요 인맥관리자로 분류되어 있다. 적극적으로 관리하지 못하면 뒤처질 수밖에 없다. 경쟁사보다 월등한 보도자료가 아니라면 언제든지 뒤로 밀릴 수밖에 없는 현실을 직시해야 한다.

TIP

보도자료 쓰기

1. 기자의 입장을 최대한 배려하자

2. 독자의 입장을 고려하자

3. 완결된 기사문으로 쓰자
   1) 표제: 제목. 가장 중요한 내용 압축
   2) 부제: 표제보다 구체적으로 제시
   3) 전문: 본문을 자세하게 요약함
   4) 본문: 육하원칙에 의거 자세히 작성
   5) 해설: 전망, 분석, 평가 등을 제시

4. 적당한 시기와 방법을 선택하라

디뎌라 저질러라 등불을 켜고
영광은 용기 내어 디디는 첫발에 있다

PART 3

뜻이 분명하게 써라

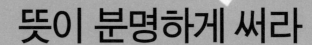

- 때깔 좋은 문장 만들기

글쓰기 능력을 갖추지 못한 청춘은

점점 생존의 경쟁력에서 뒤처지고 만다.

앞으로 재택근무가 늘어나면

이런 현상은 더욱 가속화 될 전망이다.

제1강

문장성분의 호응관계를 지켜라

주어와 서술어의 호응을 일치시켜라

① "밥 먹었니?"
② "응, 먹었어."

①에서는 '누가'라는 주어가 생략된 채 목적어와 서술어로만 말하고 있다. ②에서는 주어와 목적어가 생략된 채 서술어로만 말하고 있다. 그래도 통한다. 이것이 우리말의 특징이다. 일상에서는 필요한 문장성분이 생략된 채 쓰여도 아무런 불편함이 없다. 그러나 글쓰기에서는 다르다. 특히 주성분인 주어, 목적어, 서술어를 생략하면 문장의 의미를 제대로 해석하기 힘든 것들이 많다.

먼저 주어와 서술어의 관계에 대해서 살펴보자.

① 어제는 <u>비와 바람</u>이 몹시 <u>불었다.</u>

　→ 서술어가 '불었다' 있는데, 주어는 '비와 바람'이다. 그런데 비는 내리는 것이지 부는 것이 아니다. 따라서 이때는 비에 맞는 서술어를 분명하게 써 줘야 한다. 어제는 비가 <u>오고</u>, 바람이 몹시 불었다.

② 그 집을 바라본 순간 <u>나는</u> 말할 수 없는 행복한 <u>기분이었다.</u>

　→ '나는 기분이었다.'가 호응하지 않는다. 따라서 '기분이었다.'를 '기분에 사로 잡혔다.' 또는 '기분에 빠져 들었다.'로 고쳐야 한다.

③ <u>이 지역은</u> 무단 입산자에 대하여 자연 공원법 제60조에 의거 <u>처벌 받게 됩니다.</u>

　→ '이 지역은 처벌 받게 됩니다.'가 호응하지 않는다. 처벌을 받는 주체가 사람이어야 한다. 따라서 '이 지역에 무단 입산하는 자는 자연 공원법 제60조에 의거 처벌을 받게 됩니다.' 또는 '이 지역은 무단 입산자를 자연공원법 제60조에 의거 처벌하는 곳입니다.'로 고쳐야 한다.

④ 경기에서 패배한 <u>이유는</u> 우리가 상대를 너무 <u>업신여겼다.</u>

　→ '이유는 업신여겼다.'가 호응하지 않는다. '경기에서 패배한 이유는 우리가 상대를 너무 업신여겼기 때문이다.'로 고쳐야 한다.

⑤ 이 책을 읽는 사람들에게 먼저 <u>당부하고 싶은</u> 것은 만일 주변환경을 탓하고 있다면 그런 생각은 <u>버리길 바랍니다.</u>

　→ '당부하고 싶은 것은 ~ 버리길 바랍니다'가 호응하지 않는다. '당부하고 싶은 것은 ~ 버리라는 것입니다'로 바꿔야 한다.

⑥ 사람은 본래 자유로운 존재이며, 동시에 신분, 지위, 성병 등에 의해 차별을 받지 말아야 한다.

　→ '사람은 ~ 존재이며, 동시에 받지 말아야 한다.'가 호응하지 않는다. 뒤의 서술어를 '받지 않는 존재이다'로 바꿔야 한다.

⑦ 본격적인 공사가 언제 시작되고, 언제 개통될지 모른다.

　→ '공사가 시작되고, 개통될지'가 호응하지 않는다. 서술어 '개통되다'의 맞는 주어가 구체적으로 제시되어야 한다. '도로가 개통되다', '다리가 개통되다'로 호응이 되게 해야 한다.

목적어와 서술어의 호응을 일치시켜라

'탁구를 친다.'는 '탁구를 한다.' 또는 '탁구공을 친다'가 되어야 한다. '배드민턴을 친다'는 '배드민턴을 한다.' 또는 '배드민턴 공을 친다.'가 되어야 한다.

① 김부장은 세계적으로 유명한 분이고, 본받고자 노력하는 사람이 많다.

이 문장은 누구를 본받고자 하는지 뜻이 분명하지 않다. 일상에서는 사장님을 본받고자 한다는 것이 통할 수 있을지 모르지만, 글만 놓고 볼 때는 뜻이 확실하지 못해서 좋은 문장이 아니다. 이 문장은 이렇게 고쳐야 한다.

　→ 김부장은 세계적으로 유명한 분이어서, **그를(목적어)** 본받고자 노력하는 사람이 많다.

② 가장은 가족의 현실과 사회적 책임을 다해야 한다.

목적어인 '가족의 현실'에 대한 서술어가 생략되어 있다. '가족의 현실'은 '다해야 한다'는 서술어와 호응을 할 수 없다. 새로운 서술어를 만들어 이렇게 고쳐야 한다.

→ 가장은 가족의 **현실을**(목적어) 알고(서술어), 사회적 책임을 다해야 한다.

③ 건강관리를 위해 주중에는 <u>축구를,</u> 주말에는 빼먹지 않고 꼭 산에 <u>오른다.</u>

'축구를'에 호응하는 서술어가 없다. 따라서 '축구를 <u>하고</u>'로 새로운 서술어를 채워 넣어야 한다.

→ 건강관리를 위해 주중에는 축구를 하고, 주말에는 빼먹지 않고 꼭 산에 오른다.

부사어와 서술어의 호응을 일치시켜라

'왜냐하면'은 '~하기 때문이다'라는 서술어와 호응한다.
'다만'은 ' ~할 뿐이다'라는 서술어와 호응한다.

① 나는 지금 여간 바쁘다.
→ 나는 지금 여간 바쁘지 않다.

② 나는 가진 돈이 별로 많다.

　　→ 나는 가진 돈이 별로 많지 않다.

　'여간', '별로', '결코', '절대로', '전혀', '그렇다고 해서', '~건만' 등은 '아니하다', '못하다', '아니다'와 같이 부정의 뜻을 가진 서술어와 연결된다.

　또한 '오로지', '오직', '다만', '단지', '애오라지' 등은 행위나 상태가 일정한 범주 안에 '제한'된다는 뜻을 지닌 말이므로 '~을(ㄹ) 뿐이다'라는 서술어를 써야 한다.

③ 오죽 답답했으면 그렇게 심한 말을 했다.

　　→ 오죽 답답했으면 그렇게 심한 말을 했을까?

　'모름지기'는 '~해야 한다'와 같이 '당위'를 나타내는 서술어하고 호응한다.

④ 대학생은 모름지기 학문탐구에 열중한다.

　　→ 대학생은 모름지기 학문탐구에 열중해야 한다.

⑤ 네가 어떻게 살아왔다는 걸 짐작할 수 있다.

　　→ 네가 어떻게 살아왔는지를 짐작할 수 있다.

⑥ 우리 아버지는 예의 없는 행동에 대해서 <u>절대로</u> 그냥 넘어가지 <u>않으신다</u>.

　　→ 우리 아버지는 예의 없는 행동을 <u>결코</u> 그냥 넘어가지 않으신다.

꾸며주는 말과 꾸밈을 받는 말을 분명히 하라

꾸며주는 말과 꾸밈을 받는 말을 분명히 하기 위해서는 몇 가지 해결책을 익혀 두어야 한다.

1) 쉼표를 적절히 사용하라

꾸며주는 말과 꾸밈을 받는 말을 명확히 구분하기 위해서 쉼표를 적절히 사용하는 것이 좋다.

① <u>아름다운</u> <u>고향의</u> 하늘을 생각한다.

→ '아름다운'이라는 관형어가 꾸며주는 말이 '고향'인지, '고향의 하늘'인지 불분명하다. '고향'이 아름답다고 표현하는 것이라면, '아름다운 고향의, 하늘을 생각한다'로 쉼표로 꾸며주는 말을 분명히 해줘야 한다. '하늘'이 아름답다고 표현하는 것이라면, '아름다운, 고향의 하늘을 생각한다'로 꾸며주는 말을 분명히 해줘야 한다.

② 얼굴이 <u>까만</u> <u>광부의</u> 아들은 열심히 일해서 자수성가했다.

→ 얼굴이 까만 사람이 '광부'인지, '광부의 아들인지' 분명하지 않다. 이때도 쉼표를 사용해서 꾸며주는 말을 분명히 해야 한다. '얼굴이 까만, 광부의 아들', '얼굴이 까만 광부의, 아들'처럼 쉼표를 활용하면 꾸며주는 말이 하나로 분명해 진다.

③ 저 <u>예쁜</u> <u>누이동생의</u> 옷을 봐라.

→ 누이동생이 예쁘다고 표현하려면 꾸밈을 받는 말을 명확히 하기

위해서 '저 예쁜 누이동생의, 옷을 봐라.'고 쉼표를 적절히 활용하면 된다.

2) 꾸며주는 말을 꾸밈 받는 말 앞에 놓아라

① 오늘은 <u>어김없이</u> 바람이 부는 날인데도 내 동생은 외출을 했다.

'어김없이'라는 부사어가 꾸며주는 말이 '바람이 부는 날'인지, '동생이 외출을 했다'인지 분명히 해야 한다.
→ '바람이 <u>어김없이</u> 부는데 동생이 외출을 했다.'
→ '바람이 부는데 동생이 <u>어김없이</u> 외출을 했다.'
'어김없이'라는 말의 위치에 따라 뜻은 완전히 달라지는 것처럼 꾸며주는 말의 위치를 모호하게 하면 상황에 따라 뜻이 잘못 전달될 수 있다. 각별히 신경을 써야 할 부분이다.

② 근로자의 요구에 대해 <u>솔직하고 냉정한</u> 부장님의 견해를 부탁드립니다.

부장님이 '솔직하고 냉정한' 사람이라는 것인지, '솔직하고 냉정한 견해'를 부탁드린다는 것인지 모호하다. 자칫 부장님이 자신에 대해서 부정적으로 표현했다고 기분 나빠할 수 있는 표현이다. 일부러 부장님이 '솔직하고 냉정한 사람'이라고 평가한 것이 아니라면, '<u>부장님의 솔직하고 냉정한 의견</u>'으로 고쳐야 한다.

③ 미래에 대한 전망이 불확실한 상태에서 기업들이 <u>쉽사리</u> 번 돈을 투

자하기는 어렵다.

　'쉽사리'의 위치에 따라 '돈을 쉽사리 벌었다'인지, '투자를 쉽사리 하기가 어렵다'는지 뜻이 모호해진다. 문맥상으로 볼 때 후자인 것 같은데, 그렇다면 <u>기업들이 번 돈을 쉽사리 투자하기는 어렵다</u>라고 꾸며주는 말 '쉽사리'의 위치를 옮겨야 한다.

제2강

깔끔한 문장을 익혀라

베껴쓰기로 간결체 문장을 익혀라

간결체는 짧은 문장으로 이뤄졌다. 단순하고 의미가 명확히 드러나 읽기가 편하다. 반면에 긴 문장인 만연체는 한 문장에서 전달하려는 의미가 많아 읽기가 불편할 뿐더러 자칫 주어와 서술어의 호응관계가 틀어지면서 비문으로 전락할 수 있다. 그래서 의미 전달을 분명히 하기 위해서 가급적 간결체를 쓰는 것이 좋다.

우리나라에서 만연체를 즐겨 쓰는 사람 중에는 대학교수나, 법조인, 전문직에 종사하는 사람 등과 같이 최상위층에 있는 사람들이 많다. 옛날 문투에 익숙해서 그런 경우도 있지만 학계의 오랜 관행으로 이어지고 있는 만연체 논문에 길들여져 있어 더욱 그렇다. 논문이나 학술비평을 보면 문장의 호흡이 길고, 주어와 서술어를 찾기 힘들 정도로 문장이 비비 꼬여 있는 것들이 많다. 물론 전문적인 어휘가 많이 쓰여 그런 것도 있지만 자세히 보면 글쓰기의 기본을 지키지 않은 경우가 더 많다. 독자에게 읽히도록 써야 하는데 그들은 독자를 의식하고 쓰지 않는다. 자신들이 쓰고 싶은 대로 쓸 뿐이다. 참으로 심각한 문제다. 만연체는 주어와 서술어의 관계를 분명히 하면 얼마든지 몇 개의 문장으로 나눌 수 있다.

다음 글은 글쓰기에 대한 연구 논문의 일부다. 그런데 호흡이 너무 길어 무슨 말을 하고자 하는지 애써 살펴보지 않으면 그 뜻을 파악하기가 어렵다.

'구두작문'은 주로 글쓰기 능력이 떨어지는 학생들에게 적용하는 방법이라고 <u>할 수 있는데</u>, 구두작문을 통해 다양한 아이디어를 공유할 수 있<u>으므로</u> 글을 쓰기에 앞서 구두작문의 과정을 거치는 것이 <u>효과적이다.</u> 이러한 구두작문의 활동은 말하기와 유사한 <u>과정을 거치고</u> 교과서의 내용 구성 역시 말하기, 읽기, 쓰기의 단원별 내용이 <u>일관성을 가지고 있으므로</u> 말하기 능력 신장에도 효과적으로 <u>작용하므로</u> 구두 작문 단계는 글쓰기의 중요 전략단계로 <u>볼 수 있다.</u>

대표적인 만연체 논문의 일부다. 주어와 서술어의 호응이 맞지 않는 것은 말할 것도 없고, 호흡이 길다 보니 읽기도 힘들다. 이 문장을 간결체로 다듬어 보자. 다섯 개의 문장으로 정리할 수 있다.

①'구두작문'은 주로 글쓰기 능력이 떨어지는 학생에게 적용하는 방법이다. ②구두작문은 다양한 아이디어를 공유할 수 있어 글을 쓰기에 앞서 이 과정을 거치면 효과적이다. ③교과서의 구성은 말하기, 읽기, 쓰기

의 단원별로 이뤄져 있다. ④말하기와 유사한 구두작문은 교과서 내용의 일관성을 따르기 위해서도 글쓰기의 중요한 전략단계로 볼 수 있다. ⑤ 구두작문을 통해 말하기 능력도 신장시킬 수 있고, 글쓰기 능력의 기초도 다져나갈 수 있기 때문이다.

전문작가가 아닌 이상 간결체를 쓰기란 쉽지 않다. 남의 글을 읽을 때는 잘 읽혀서 좋은데, 막상 내가 간결체로 글을 쓰려고 하면 뭔가 자꾸 끊어지는 느낌을 받게 된다. 할 말을 다 담지 못한 것 같아 아쉬움이 남을 때도 많다. 그러다 보니 자꾸 문장에 꼬리를 잇게 되고, 자신도 모르게 주어와 서술어가 호응하지 않는 긴 문장을 만들게 된다.

초보자가 간결체를 익히려면 좋은 책 하나를 선택해서 베껴쓰기를 해보는 것이 좋다. 시중에는 〈베껴쓰기로 연습하는 글쓰기 책〉(명로진 지음)도 나와 있다. 이 방법은 예나 지금이나 문학지망생들이 스승으로부터 전수받는 글쓰기 비법 중에 하나다.

간결체는 머리가 아니라 손끝으로 익혀야 제맛이다. 운동선수가 코치의 지시에 따라 똑같은 동작을 반복해서 기초를 다지듯이 문체를 익힐 때도 반복 작업이 필요한 것이다. 자꾸 써봐야 끊어야 할 데와 이어야 할 데를 저절로 알게 된다.

사람들은 아버지를 난장이라고 불렀다. 사람들은 옳게 보았다. 아버지는 난장이였다. 불행하게도 사람들은 아버지를 보는 것 하나만 옳았다. 그 밖의 것들은 하나도 옳지 않았다. 나는 아버지·어머니·영호·영희, 그리고 나를 포함한 다섯 식구의 모든 것을 걸고 그들이 옳지 않다는 것을 언제나 말할 수 있다. 나의 모든 것이라는 표현에는 다섯 식구의 목숨이 포함되어 있다. 천국에 사는 사람들은 지옥을 생각할 필요가 없다. 그러나 우리 다섯 식구는 지옥에 살면서 천국을 생각했다. 단 하루라도 천국을 생각해 보지 않은 날이 없다. 하루하루의 생활이 지겨웠기 때문이다. 우리의 생활은 전쟁과 같았다. 우리는 그 전쟁에서 날마다 지기만 했다. 그런데도 어머니는 모든 것을 잘 참았다. 그러나 그 날 아침 일만은 참기 어려웠던 것 같다.

- 조세희의 '난장이가 쏘아 올린 작은 공' 의 일부

〈엄마를 부탁해〉를 비롯해 책을 내기만 하면 베스트셀러에 오르는 인기 소설가 신경숙은 〈외딴방〉이라는 자전적 소설에서 학창시절에 조세희의 〈난쟁이가 쏘아올린 작은 공〉을 수없이 베껴 쓴 경험을 고백하고 있다. 일명 〈난쏘공〉으로 불리는 이 소설은 1978년 6월 5일에 초판이 나온 이래 지금까지 200쇄 이상을 찍은 스터디셀러인데, 대표적인 간결체 문장으로 이뤄져 있다. 베껴쓰면 군더더기 없는 깔끔한 문체를 익힐 수 있다. 주어와 서술어의 관계를 명확히 다룰 줄 안다. 점차 긴 문장을 쓰더라도 깔끔하고 군더더기 없는 글을 쓸 수 있다.

황순원의 〈소나기〉도 대표적인 간결체로 이뤄져 있다. 분량도 짧아 누구든지 부담없이 시작할 수 있다. 앞에서 언급한 명로진의 〈베껴쓰기로 연습하는 글쓰기 책〉도 적극적으로 활용했으면 한다.

번역투 문장을 고쳐 써라

한글이 우리말로 자리 잡은 것은 채 100년도 되지 않는다. 1960년대 초까지만 해도 국민의 70% 정도가 문맹이었고, 그 당시 문자생활을 한 지도자 계층은 거의 다 일본과 미국식 교육을 받은 사람들이었다. 그러다 보니 우리말 속에는 자연스레 일본어와 영어식 표현이 스며 들었다.

지금은 워낙 많은 사람들이 익숙하게 사용해서 그것이 일본어와 영어의 번역투 표현인지도 모르는 것들이 많다. 그래서 번역체 문체를 고쳐 쓰라고 하면 "어차피 언어는 바뀌는 것 아냐?"라며 반론을 펼치는 이들도 있다. 많은 사람들에게 읽히는 글이 좋은 글이라는 이들의 주장도 일리가 있다. 그래서 우리에게 아주 익숙한 표현까지 번역투라는 이유로 모두 배척할 수는 없다.

하지만 일본어와 영어를 우리말로 직역하면서 생긴 어색한 표현들은 가급적 고쳐쓰는 것이 좋다. 이런 표현들만 확실하게 잡아도 군더더기 없는 깔끔한 문장을 만들 수 있기 때문이다.

1) '~의'라는 표현을 줄여라

일본어는 명사를 나열할 때 우리말 '~의'에 해당하는 '노(の)'를 사용한다. 하지만 우리말에서는 굳이 이 말이 없어도 되는 경우가 많다. 특히 '~과의', '~와의', '~에의', '~에서의', '~에로의' 등처럼 부사어에도 '~의' 표현을 많이 쓰는데, 자연스럽지 못하니까 우리식 표현으로 고쳐쓰는 것이 좋다.

① 대부분의 나라는 곧 지구의 온난화에 대비하고 있다.
→ 대부분 나라는 곧 지구 온난화에 대비하고 있다.

② 너는 친구와의 약속을 지켜야 한다.
→ 너는 친구의 약속을 지켜야 한다.

③ 교육<u>의</u> 활성화를 위해 부처 간<u>의</u> 업무 협조가 필요하다.

→ 교육 활성화를 위해 부처 간 업무 협조가 필요하다.

④ 끝없는 사랑<u>에로의</u> 열망을 안고 너를 찾아왔다.

→ 끝없는 사랑을 위한 열망을 안고 너를 찾아왔다.

⑤ 학문이나 예술 방면에서<u>의</u> 활동을 해야 한다.

→ 학문이나 예술 방면에서 활동을 해야 한다.

2) '~에 있어서'라는 표현을 빼자

'~에 있어서'라는 표현은 일본어의 니오이테(において)에서 왔다. 국어 문법에는 없는 표현으로 굳이 쓸 필요가 없고, 문맥마저 부자연스럽게 만들기 때문에 빼는 것이 좋다.

① 인간에게 <u>있어서</u> 돈은 꼭 필요하다.

→ 인간에게 돈은 꼭 필요하다.

② 공무원 진급에 <u>있어서</u> 고졸이면 불이익을 받나요?

→ 공무원 진급에 고졸이면 불이익을 받나요?

③ 민주주의 국가에 <u>있어서</u> 다수결 원칙은 꼭 지켜져야 한다.

→ 민주주의 국가에서 다수결 원칙은 꼭 지켜져야 한다.

3) '~어 지다.'와 같은 수동태 표현을 삼가자

'~어 지다'는 말은 영어의 수동태 표현이 그대로 스며든 표현이다. 주어와 서술어의 호응관계를 일치시키기 위해 다음과 같이 바꾸는 것이 좋다.

① 요즘은 평생학습원에서 강사에 의해 글쓰기가 가르쳐지고 있다.
→ 요즘은 평생학습원에서 전문 강사가 글쓰기를 가르친다.

② 창의력이 뛰어난 사람들에 의해 새로운 사회가 만들어지고 있다.
→ 창의력이 뛰어난 사람들이 새로운 사회를 만들고 있다.

4) '~에 의해'라는 피동형 표현을 삼가자

'~에 의해'라는 말은 영어 'by'의 번역투 표현이다. 이 말을 빼고 능동표현으로 쓰는 것이 좋다.

① 아버지에 의해 집안이 가난에서 벗어났다.
→ 아버지께서 집안을 가난에서 벗어나게 했다.

5) 복수표현 '들'을 줄여 쓰자

복수에 '들'은 영어를 배우면서 몸에 밴 표현이다. 요즘 들어 '들'이라는 복수표현을 남용하는 글이 많은데, 이 말이 없어도 복수라는 것을 알 수 있는 경우는 쓰지 않는 것이 좋다. 문장을 늘어뜨리고 읽기 불편하게 만들기 때문이다.

① 상당수 학교들이 명문대학의 입학을 자랑처럼 여긴다.

→ 상당수 학교가 명문대학의 입학을 자랑처럼 여긴다.

② 시장에는 상점들이 들어서 있는데, 상점 앞에는 많은 호객꾼들이 손님들을 불러 들이고 있다.

→ 시장에는 상점이 들어서 있는데, 상점 앞에는 많은 호객꾼이 손님을 불러 들이고 있다.

6) '왔었다, 했었다. 해왔다' 와 같은 과거완료 시제를 삼가라

'왔었다, 했었다. 해왔다' 와 같은 표현은 영어에서 쓰는 과거완료 시제(have+과거분사)의 영향을 받은 표현이다. 국어에서는 굳이 과거완료를 쓰지 않는 것이 좋다.

① 우리 국민은 60년 동안 분단 생활을 계속 해왔다.

→ 우리 국민은 60년 동안 분단 생활을 했다.

② 김부장은 십 년 전에 미국에서 왔었다.

→ 김대리는 십 년 전에 미국에서 왔다.

③ 김대리는 오래 전부터 아부를 잘 했었다.

→ 김대리는 오래 전부터 아부를 잘 했다.

④ 한때 우리 경제는 국제 원조에 전적으로 <u>의존했었다.</u>

→ 한때 우리 경제는 국제 원조에 전적으로 의존했다.

이밖에 주의를 기울여야 할 번역투 표현들

'~로부터'

'~을 통하여'

'~에도 불구하고'

'~중 하나이다'

'~해도 지나치지 않다.'

'~라 하지 않을 수 없다.'

잉여적 표현을 줄여 써라

우리말은 한자어 비중이 70% 이상이다. 한때는 우리말보다 한자어를 써야 지식인 취급을 받는 시절도 있었다. 그 과정에서 우리말은 꾸준히 한자어로 바뀌었다. 그러다 보니 지금도 한자어와 고유어가 이중적으로 쓰이는 경우가 많다.

"역전 앞에서 만나자."

'역전'은 우리 말로 '역앞'이라는 뜻이다. 그런데 한자어를 남발하면서 '역전' 이라는 말만으로 부족한 것 같으니까 '역전 앞' 이라는 말을 쓰기 시작한 것이다. 이 말은 "역전에서 만나자.", 또는 "역 앞에서 만나자."라는 말로 써야 올바른 표현이다.

'고목나무' 도 이와 같은 표현이다. '고목' 이라는 말 속에 이미 '오래된 나무' 라는 뜻이 포함되어 있다. 따라서 이 말은 '고목', 또는 '오래된 나무' 로 각자 따로 써야 한다.

'허다하게 많다.' 는 표현도 마찬가지다. '허다하다' 와 '많다' 가 같은 뜻이다.

이런 표현을 '잉여적 표현' 이라고 하는데 세월이 흐르면서 표준어로 인정받는 말들도 더러 있다. '외갓집=외가', '처갓집=처가', '상갓집=상가', '초가집=초가' 등은 복수표준어로 인정받고 있다. 하지만 이처럼 복수표준어로 인정받은 경우는 많지 않아 잉여적 표현은 최대한 쓰지 않는 것이 좋다.

우리가 무의식적으로 쓰는 잉여적 표현은 매우 많다. 말로 하면 그냥 넘어 갈 수 있어도 글로 쓰면 그냥 넘어갈 수 없는 표현이다. 최대한 잉여적 표현을 줄여서 깔끔한 문장으로 다듬는 것이 최선이다.

신문 기사는 꾸며서 창작한 글이 아니다.
→ 신문 기사는 꾸며 쓴 글이 아니다.
→ 신문 기사는 창작한 글이 아니다.

그럴 줄 알고 미리 예비해 두었다.
→ 그럴 줄 알고 미리 준비해 두었다.
→ 그럴 줄 알고 예비해 두었다.

선열들의 나라를 사랑하는 애국정신을 우리는 본받아야 한다.

→ 선열들의 나라를 사랑하는 마음을 우리는 본받아야 한다.

→ 선열들의 애국정신을 우리는 본받아야 한다.

빠진 말은 넣고 쓸데없는 말은 삭제하여 뺀다.

→ 빠진 말은 넣고 쓸데없는 말은 삭제한다.

→ 빠진 말은 넣고 쓸데없는 말은 뺀다.

순간 그의 머릿속에는 뇌리를 스치는 기억이 하나 있었다.

→ 순간 그의 머릿속에 스치는 기억이 하나 있었다

→ 순간 그의 뇌리를 스치는 기억이 하나 있었다.

돌이켜 회고해 보건대 형극의 가시밭길을 우리는 걸어왔습니다.

→ 돌이켜 보건대 우리는 가시밭길을 걸어왔습니다.

→ 회고해 보건대 우리는 형극의 길을 걸어왔습니다.

· 꼭 알아야 할 띄어쓰기 원칙

1. **조사**는 반드시 앞 말에 붙여 쓴다. 서술격 조사 '이다'와 보조사도 반드시 붙여 쓴다.
→ 그대<u>하고</u>, <u>그만큼</u>, 돈은커녕, 그야말로, 바보<u>처럼</u>, 하나씩, 글쓰기쯤은, 지금<u>으로부터</u>, 청춘입니다

2. **합성어, 파생어**는 한 덩어리가 되게 붙여 쓴다. 전문용어는 단어별로 띄어 쓰는 것이 원칙이지만 붙여 쓰는 것도 허용된다.
→ 한국독서철학교육연구소, 서울대학교, 수학능력시험(수학 능력 시험), 국제통화기금(국제 통화 기금)

3. **의존명사**는 앞 말과 띄어 써야 한다.
→ 할 <u>것</u>이다, 먹을 <u>때</u>다, 할 수 있다, 기쁠 <u>따름</u>이다, 그럴 <u>테지</u>, 모른 <u>척</u>, 아는 <u>체</u>, 주는 <u>대로</u>, 그런 <u>줄</u>도 모르고

4. 숫자에 단위를 나타내는 **명사**를 쓸 때는 띄어 쓰는 것이 원칙이다. 단, 아라비아 숫자와 한자어 숫자는 붙여 쓴다.
→ <u>한</u> 가지, <u>서너</u> 개, 첫째, 셋째, 100원, 2미터, 일세대

5. 한 **음절**로 된 **낱말**이 연속해서 나타날 때는 붙여 써도 된다.
→ 그때 그곳(그 때 그 곳), 이곳 저곳(이 곳 저 곳), 벼 한섬(벼 한 섬), 한잎 두잎(한 잎 두 잎)

6. **용언 어간**에 붙어 **어미**처럼 굳어진 단어는 붙여 쓴다.
→ 할수록, ~할망정, 밥먹듯이, 가자마자, 굶을지언정, 참다못해, 견디다못해, 보다못해

7. **보조용언**은 **본용언**과 띄어 쓰는 것이 원칙이지만 경우에 따라서는 붙여 써도 된다.
→ 뛰어가다(뛰어 가다), 좋아하다(좋아 하다), 해야한다(해야 한다)

※ 단, 본용언과 보조용언의 품사가 다를 때는 반드시 띄어 쓴다.
→ 보고 싶다.(동사+형용사), 울었나 보다.(동사+형용사)

8. **성과 이름, 성과 호 등은 붙여 쓴다.** 다만, 이에 덧붙는 호칭이나 관직명은 띄어 써야 한다.
→ 이순신 장군, 이인환 시인, 홍길동 씨 등

위의 글 중에 **조사, 합성어, 파생어, 명사, 음절, 낱말(단어), 용언, 어간, 어미, 본용언, 보조용언** 등 낱말의 의미는 기본적으로 익히는 것이 좋다. 가장 기본적인 문법 용어를 모른다면 띄어쓰기를 제대로 익히기는 쉽지 않기 때문이다. 띄어쓰기의 기본을 알려면 간단한 기본 문법용어를 익히는 것이 좋다.

단어의 종류(9품사론)를 익히자

낱말(단어)은 '뜻을 가지면서 홀로 쓰일 수 있는 최소의 단위(조사는 예외)'이다. 품사론은 단어의 종류를 다룬 문법을 말한다. 단어는 기능, 형태, 의미에 따라 분류한다.

1. 기능에 따른 낱말의 종류

   1) 체 언 : 몸말(명사, 대명사, 수사)

   2) 수식언 : 꾸며주는 말(관형사, 부사

   3) 용 언 : 어간과 어미로 활용하는 말(동사, 형용사)

   4) 관계언 : 다양한 문장성분의 관계를 나타내는 말(조사)

   5) 독립언 : 독립적인 말(감탄사)

     예) 여보세요, 저는 글쓰기를 잘 하고 싶습니다.

       → 체언 : 저, 글쓰기 = 대명사, 명사

       → 수식언 : 잘 = 부사

       → 용언 : 하고, 싶습니다 = 동사, 형용사

       → 관계언 : 는, 를 = 조사

       → 독립언 : 여보세요 = 감탄사

2. 형태에 따른 낱말의 종류

   1) 불변어 : 형태가 변하지 않는 말
     (체언, 수식언, 독립언, 관계언)

   2) 가변어 : 형태(어간+어미)가 바뀌는 말
     (용언, 관계언의 서술격 조사 '~이다')

     예1) 여보세요, 저는 글쓰기를 잘 하고 싶습니다.

       → 불변어 : 여보세요, 저, 는, 글쓰기, 를, 잘

       → 가변어 : 하+고(기본형 '하다'), 싶+습니다(기본형 '싶다')

     예2) 저는 학생입니다.

       → 불변어 : 저, 는, 학생

       → 가변어 : 이+ㅂ니다.(서술격 조사 '~이다')

3. 의미에 따른 낱말의 종류(9품사)

체 언
- 1) 명　사 : 이름을 나타냄
- 2) 대명사 : 이름 대신 쓰임
- 3) 수　사 : 숫자를 나타냄

수식언
- 4) 관형사 : 체언(명사, 대명사, 수사)를 꾸며줌
- 5) 부　사 : 용언(동사, 형용사)를 꾸며줌

용 언
- 6) 동　사 : 움직임을 나타냄
- 7) 형용사 : 모양이나 성질, 상태를 나타냄

관계언 – 8) 조　사 : 문장의 관계를 나타냄

독립언 – 9) 감탄사 : 놀람, 느낌 등

예) 여보세요, 저는 글쓰기를 잘 하고 싶습니다.
   → 명사 : 글쓰기
   → 대명사 : 저
   → 부사 : 잘
   → 동사 : 하고
   → 형용사 : 싶습니다.
   → 조사 : 는, 를
   → 감탄사 : 여보세요

띄어쓰기 유의사항 1

낱말과 낱말은 띄어씀을 원칙으로 한다. 단, 조사와 합성명사는 반드시 붙여 쓴다.

예) 시대가 시대니만큼 젊었을 때 글쓰기를 잡아야 성공의 열쇠를 쥘 수 있다. 글쓰기는 절실함을 느끼고 자신감을 갖는 것부터 시작해야 한다. 지금이라도 늦었다고 생각하지 말고 바로 시작하자.

1) ‘쥘 수 있다’ 는 ‘쥐다’ 라는 동사와 ‘수’ 라는 의존명사, ‘있다’ 라는 형용사인 각각의 낱말들이라 띄어 써야 한다.

2) ‘시대니만큼’, ‘지금이라도’ 는 ‘시대’, ‘지금’ 이라는 명사 뒤에 ‘-니만큼’, ‘-이라도’ 라는 조사가 붙은 말이라 반드시 붙여 써야 한다.

3) ‘글쓰기’, ‘시작해야’, ‘생각하지’ 는 합성명사라 붙여 써야 한다.

복합어(파생어, 합성어)의 형성원리를 익히자

낱말의 형성원리

우리말에는 홀로 이뤄진 단일어와 둘 이상이 조합으로 이뤄진 복합어가 있다. 또한 복합어에는 하나의 단일어에 홀로 쓰일 수 없는 말이 결합된 ‘어근(단일어)+접사’ 형태의 파생어가 있고, 둘 이상의 홀로 쓰일 수 있는 단일어가 겹합한 ‘어근+어근’ 형태의 합성어가 있다.

1) 단일어 : 하늘, 구름, 어머니, 바다 등

2) 복합어 ┌ ① 파생어 : 나무꾼, 숫처녀, 휘날리다, 드높다 등
       └ ② 합성어 : 손가방, 책상, 까막까치, 늦가을 등

띄어쓰기 유의사항 2

합성어와 파생어는 한 덩어리가 되게 붙여 쓴다. 전문용어는 단어별로 띄어 쓰는 것이 원칙이지만, 합성어로 보아 붙여 쓰는 것도 허용된다.

→ 한국독서철학교육연구소, 서울대학교, 수학능력시험(수학 능력 시험), 국제통화기금(국제 통화 기금), 국제관계(국제 관계) 등

용언의 쓰임을 익히자

1. 용언의 활용

동사와 형용사는 기본형을 갖고, 어미에 변화에 따라 문장에서 다양한 꼴로 쓰인다. 이것을 활용이라고 하는데, 동사와 형용사 외에 유일하게 **서술격 조사인 '~이다'**가 활용을 한다.

　　동　사 : 가다, 뛰다, 먹다
　　형용사 : 예쁘다, 아름답다, 깨끗하다
　　서술격 조사 : ~이다

　　예1) 가다 : 가니, 가면, 가고, 가서, 가더라도, 간다면, 갔고, 등
　　예2) 예쁘다 : 예쁘니, 예쁘면, 예쁘고, 예뻐서, 예쁘더라도, 예쁘다면,
　　　　　예뻤고 등
　　예3) ~이다 : (학생)이다, ~이니, ~이어서, ~이더라도, ~이라며,
　　　　　~이었고, ~입니다 등

　　이때 동사의 **'가-'**와 형용사의 **'예쁘-'**, 서술격 조사 **'(학생)이-'**를 말의 줄기인 **어간**이라고 하고, 그 뒤에 붙는 '-니, 면, -고, -어서, -더라도, -ㄴ다면, -씄었고' 등의 말꼬리를 어미라 한다.

2. 어미의 종류

어미의 종류에는 어말 어미, 선어말 어미, 연결 어미가 있다.

1) 어말 어미
(종결어미)
- 1) 평서형 : -다(예: 했다)
- 2) 청유형 : -자, -ㅂ시다(예: 공부합시다)
- 3) 명령형 : -라, -세요(예: 노력하세요)
- 4) 의문형 : -가?, -까?, -랴?
- 5) 감탄형 : -구나!

2) 선어말 어미
- 1) 높임 : -시-
- 2) 공손 : -옵-
- 3) 시제
  - 과거(-었-),
  - 현재(-는-, -ㄴ-),
  - 미래(-겠-)

3) 연결 어미 : -고, -거나, -면서 등

예) 여보세요, 저는 글쓰기를 잘 하고 싶습니다.
- → 하고 : 어간(하-) + 연결 어미(-고)
- → 싶습니다 : 어간(싶-) + 선어말 어미(-습니-) + 어말 어미(-다)

4) 전성 어미 :
- 1) 명사형 어미 : -ㅁ/음, -기
- 2) 관형사형 어미 : ㄴ/는, ㄹ/을

예) 저는 **공부하기**를 **즐기는** 학생**입니다.**
- → 공부하기 : 어간(공부하-) + 명사형 어미(-기)
- → 즐기는 : 어간(즐기-) +관형사형 어미(-는)
- → (학생)입니다 : 어간(-이-) +종결형 어미(-ㅂ니다)

띄어쓰기 유의사항 4

어미는 어간 뒤에 반드시 붙여 쓴다.
예) 글쓰기를 잘 **배워야겠다**는 계획을 세웠다.
  → 어간(배우-)+어미(어야)+어미(겠다)+조사(-는)의 결합으로 모두
    붙여 쓴다.

3. 본용언과 보조용언

우리말에는 용언이 나란히 오는 말이 많은데 이때 앞말을 본용언, 뒷말을
보조용언이라 한다.
예) 뛰어 가다. 걸어 가다. 서 있다. 돌아 오다 등

띄어쓰기 유의사항 5

본용언과 보조요언은 띄어씀을 원칙으로 하되 붙여씀을 허용한다.
단 본용언과 보조용언의 품사가 다를 때는 반드시 띄어쓴다.
예1) 뛰어 가다, 내려 가다, 돌아 가다 등
  → 앞말과 뒷말의 품사가 같기 때문에 '뛰어가다', '내려가다', '돌
    아가다' 로 붙여쓰는 것이 좋다.
예2) 보고 싶다, 왔나 보다 등
  → 앞말은 동사, 뒷말은 형용사이기 때문에 반드시 띄어써야 한다.

동사 '하다'와 파생접사 '–하다'의 쓰임에 유의하자

동사 '하다'와 파생접사 '–하다'

'하다'는 홀로 쓰일 때는 '행동이나 동작을 이룬다'는 뜻을 가진 동사여서 띄어 써야 한다. 그런데 국어에서 '하다'는 동사로 쓰이는 경우보다 파생어를 만드는 '접사'로 쓰이는 경우가 많다. 이때는 붙여 써야 하기 때문에 특별히 '하다'의 쓰임에 유의해야 한다.

예1) ① 생각을 하다.

② 조용히 하다.

→ '하다'는 모두 동사로 쓰였기 때문에 띄어쓴다.

예2) ① 생각하다, 공부하다, 운동하다, 걱정하다, 기도하다 등

② 조용하다, 심심하다, 적막하다, 유리하다, 행복하다 등

→ '–하다'는 파생접사로 쓰였기 때문에 붙여쓴다.

①은 움직임을 나타내는 동사이고, ②는 모양이나 상태를 나타내는 형용사다. 형태를 보면 똑같이 '생각–, 공부–, 운동–, 조용–, 심심–, 적막–'이라는 말 뒤에 '–하다'라는 말이 붙어 있다. 그런데 어떤 말은 '–하다'가 붙어서 동사가 되고, 어떤 말은 형용사가 된다. 이때 '–하다'라는 말은 홀로 쓰이는 낱말이 아니라, 앞의 명사형인 어근에 붙어서 새로운 말을 만들어 주는 파생접사로 쓰이는 말이다. 반드시 붙여 써야 한다.

띄어쓰기 유의사항 6

파생접사 '–하다'는 반드시 붙여 쓴다.

예) 생각하였다, 생각할, 생각하는, 생각했습니다

'하다'는 어간 '하–'에 다양한 어미가 붙어 활용을 한다. 어미는 붙여

쓴다는 원칙에 의해 아무리 활용을 하더라도 반드시 붙여 써야 한다. 따라서 '생각<u>하</u>였다, 생각할, 생각하<u>는</u>, 생각했<u>습니다</u>' 등은 모두 '생각하-'라는 말 뒤에 오는 어미여서 모두 붙여 써야 한다. 이것은 '-하다'라는 말이 붙어서 생성된 모든 낱말에 똑같이 적용된다. 이것만 지켜도 띄어쓰기에 많은 부분을 잡을 수 있다.

① 운동했다, 운동할, 운동하는, 운동했습니다 등등
   걱정했다, 걱정할, 걱정하는, 걱정했습니다 등등
② 조용했다, 조용할, 조용한, 조용했습니다 등등
   유리했다, 유리할, 유리한, 유리했습니다 등등

문장성분론을 익히자

문장은 주성분 4개, 부속성분 2개, 독립성분 1개 등의 문장성분으로 이뤄진다. 영어에서는 주어, 목적어, 서술어, 동사, 형용사라는 용어를 함께 다룬다. 하지만 우리말은 품사가 문장성분의 하위 개념이다. 특히 영어에서 명사를 꾸며주는 형용사가 우리말에서는 서술어로 쓰이는 경우가 더 많다. 따라서 관형어와 형용사라는 말에 특히 관심을 갖고 올바른 쓰임을 익혀야 한다.

1. 주성분 '주어, 목적어, 보어, 서술어'를 익히자

주어는 문장의 주체가 되는 말로 문장에서는 '누가/ 무엇이'에 해당하는 말이다. **목적어**는 주어가 행하는 행위를 당하는 존재나 사물을 지칭하는 말로 '무엇을'에 속하는 말이다. **보어**는 '되다, 아니다'라는 서술어가 쓰였을 때, 목적어가 오는 자리에 '누가/무엇이'의 형태로 나타나는 말이다. 서술어는 한 문장에서 주어의 움직임, 상태, 성질을 서술하는 말로 '어찌하다, 어떠하다, 무엇이다'에 해당하는 말이다.

1) **주　어** : 누가/무엇이

2) **목적어** : 무엇을

3) **보　어** : '되다, 아니다' 라는 서술어를 필요로 함.

4) **서술어**
┌ ① 어찌하다(동사)
├ ② 어떠하다(형용사)
└ ③ 무엇이다(서술격 조사 '～이다')의 활용.

예1) 나는 예쁘다.

　→ 주어 : (누가/ 무엇이) 나는

　→ 서술어 : (어찌하다, 어떠하다, 무엇이다) 예쁘다.

예2) 나는 글을 쓴다.

　→ 주어 : (누가/ 무엇이) 나는

　→ 목적어 : (무엇을) 글을

　→ 서술어 : (어찌하다, 어떠하다, 무엇이다) 쓴다.

예3) 나는 대통령이 아니다.

　→ 주어 : (누가/ 무엇이) 나는

　→ 보어 : (서술어 '아니다'의 목적어 구실) 대통령이

　→ 서술어 : (어찌하다, 어떠하다, 무엇이다) 아니다

2. 부속성분 '관형어, 부사어' 의 쓰임을 잘 익히자

　문장의 부속성분은 문장에서 꾸며주는 기능을 한다. 체언을 꾸며주는 관형어와 용언과 서술어를 꾸며주는 부사어가 있다.

관형어
┌ ① 관형사
├ ② 관형격 조사 '～의'
└ ③ 관형사형 어미 'ㄴ(는), ㄹ(를)'

부사어
┌ ① '부사'
├ ② 부사격 조사 '～에서, ～에게, ～으로'
└ ③ 부사형 어미 '-게'

띄어쓰기 유의사항 7

꾸며주는 말과 꾸밈을 받는 말은 띄어씀을 원칙으로 한다.
예1) 새 세상, 나의 조국, 빨간 우산, 늦은 시간 등
　　→ '새, 나의, 빨간, 늦은' 은 관형어로 뒷말과 띄어쓴다.

예2) 아주 좋다, 매우 많다, 많이 받았다, 학교에 갔다.
　　→ '아주, 매우, 많이, 학교에' 는 부사어로 뒷말과 띄어쓴다.

1) 관형어 :

　영어의 형용사처럼 명사, 대명사, 수사를 꾸며주는 말이다. 관형어로 쓰이는 말에는 ① 관형사, ② 체언+관형격 조사 '~의' , ③ 용언+관형사형 어미 'ㄴ(는), ㄹ(를)' 등이 있다.

예1) 나는 **새** 글을 읽는다.
　　→ '새' 라는 관형사가 관형어로 쓰임.

예2) 저것은 **나의** 글이다.
　　→ '나' 라는 대명사(체언) 뒤에 관형격 조사 '~의' 가 붙은 '나의' 라는
　　　말이 관형어로 쓰임.

예3) 나는 **좋은** 글을 **쓸** 예정이다.
　　→ '좋다' 는 형용사(용언) 뒤에 '-은' 이라는 관형사형 어미가 붙은 '좋은' 이
　　　글의 상태를 꾸며주는 관형어로 쓰임.
　　→ '쓰다' 라는 동사(용언) 뒤에 '-ㄹ' 이라는 관형사형 어미가 붙은 '쓸' 이
　　　예정의 상태를 꾸며주는 관형어로 쓰임.

띄어쓰기 유의사항 8

의존명사는 반드시 띄어 쓴다.
의존 명사는 관형어의 꾸밈을 받으므로 반드시 띄어 써야 한다. 용언의
관형사형 어미 뒤에 의존 명사가 많이 오기에 특히 신경을 써야 한다.

예1) 지금은 글쓰기를 할 **때**다.
예2) 당신은 글쓰기를 잘 할 **것**이다.
예3) 글쓰기는 누구나 잘 할 **수** 있다.
예4) 열심히 노력한 **만큼** 성취감도 크다.
　　→ '때, 것, 수, 만큼'은 홀로 쓰일 수 없으면서 앞의 '하다'라는 동사
　　에 관형사형 어미 '-ㄹ, -ㄴ'이 활용한 관형어 '할', '노력한'이라는
　　관형어의 꾸밈을 받는 의존 명사에 속한다. 반드시 띄어 써야 한다.

2) 부사어 :

　용언(동사, 형용사)과 서술어를 꾸며주는 말이다. 부사어로 쓰이는 말에는 ①부
사, ②체언+부사격 조사 '~에서, ~에게, ~으로' 등, ③ 형용사+부사형 어미 '-
게' 등이 있다.

예1) 나는 매우 예쁘다.
　　→ '매우'라는 부사가 부사어로 쓰임

예2) 나는 서재에서 글을 쓴다.
　　→ '서재'라는 명사 뒤에 '~에서'라는 부사격 조사가 붙어 '쓴다'는 서술
　　　어를 꾸며주는 부사어로 쓰임.

예3) 꽃이 붉게 피었다.
　　→ '붉다'라는 형용사 뒤에 '-게'라는 부사형 어미가 붙어 '피었다'는 서
　　　술어를 꾸며주는 부사어로 쓰임.

3. 독립성분인 독립어는 쉼표(,)로 분리해서 표기한다

독립어에는 ① 감탄사, ② 명사, ③ 명사+호격조사 '~아, ~야' 등이 있다.
쉼표(,)로 분리해서 별도로 표기한다.

예1) 아아, 님은 갔습니다.
　　　→ '아아' 라는 감탄사가 독립어로 쓰임

예2) 글쓰기, 이 얼마나 가치있는 일인가?
　　　→ '글쓰기' 라는 명사가 독립어로 쓰임

예3) 청춘아, 주인공 되려면 글쓰기를 잡아라.
　　　→ '청춘' 이라는 명사 뒤에 '~아' 라는 호격조사가 붙어서 독립어로 쓰임

조사의 다양한 쓰임을 익히자

조사에는 격조사, 보조사, 연결조사가 있다.
　격조사는 주로 체언 뒤에 붙어서 문장성분을 만들어준다. 주격 조사, 목적격 조사, 서술격 조사, 관형격 조사, 부사격 조사, 호격 조사 등이 있다.
　보조사는 관형사와 감탄사를 제외한 모든 낱말 뒤에 붙어 뜻을 더해 주는 '만, 도, 은, 부터, 까지, 조차, 만치' 등이 있다.
　연결조사는 체언과 체언을 이어주는 '와/과' 등이 있다.

1) 격조사
- 1) 주　격 : 이/가, 은/는
- 2) 목적격 : 을/를
- 3) 서술격 : 이다
- 4) 관형격 : 의
- 5) 부사격 : 에게, 으로, 에서 등
- 6) 호　격 : 아/야

예1) 우리의 가슴에는 뜨거운 정열이 원대한 야망을 불사르고 있다.

　　　→ 주격 조사 ; 정열이

　　　→ 목적격 조사 : 야망을

　　　→ 관형격 조사 : 우리의

　　　→ 부사격 조사 : 가슴에는

예2) 청년아, 그대는 조국의 훌륭한 동량이다.

　　　→ 주격 조사 : 그대는

　　　→ 서술격 조사 : 동량이다

　　　→ 관형격 조사 : 조국의

　　　→ 호격 조사 : 청춘아

띄어쓰기 유의사항 9

서술격 조사 '~이다' 는 용언(동사, 형용사)처럼 활용을 한다. 여기에서 띄어
쓰기를 틀리는 사람들이 많은데 '~이다' 는 조사이기 때문에 반드시 붙여 써
야 한다.

　　예) 동량이다.
　　　　동량입니다.
　　　　동량이고
　　　　동량이어서
　　　　종량이자
　　　　동량이어야 한다.
　　　　동량일 수밖에 없다.

2) **보조사** : 만, 도, 은, 부터, 까지, 조차, 만치 등.

예) 나는 글쓰기를 잘 한다.
    → 나<u>만</u> 글쓰기를 잘 한다.
    → 나는 글쓰기<u>만</u> 잘 한다.
    → 나<u>부터</u> 글쓰기를 잘 한다.
    → 나는 글쓰기<u>부터</u> 잘 한다.
    → 나<u>까지</u> 글쓰기를 잘 한다.
    → 나는 글쓰기<u>까지</u> 잘 한다.

띄어쓰기 유의사항 10

조사는 반드시 붙여 쓴다는 원칙에 의해 보조사도 붙여 써야 한다. 보조사는 관형사와 감탄사를 제외한 모든 품사 뒤에 붙어 쓰인다. 특히 조사 뒤에 붙어 쓰이는 경우가 많은데 이때도 반드시 붙여 쓴다.

예) 기초 질서는 나로부터, 지금으로부터
    → '-부터'는 부사격 조사 '-로(으로)' 뒤에 붙여 쓴다.

※ **명사 '밖'과 보조사 '-밖'의 쓰임에 유의하자**
  '밖'은 '안'의 반대 개념으로 쓰일 때는 명사라 띄어 쓰고, 그 외는 한정의 뜻을 나타내는 보조사라 반드시 붙여 써야 한다.

예1) 창문 밖을 보라.
    → '밖'은 명사이므로 띄어 써야 한다.
예2) 내게는 친구밖에 없다.
    시대가 시대니만큼 글을 쓸 수밖에 없다.
    → '-밖'은 한정을 나타내는 보조사라 붙여 써야 한다.

3) 연결조사 : 와/과

예) 나와 동생은 한 핏줄이다.
　　형과 나는 쌍둥이다.

문장의 종류(홑문장, 겹문장)를 익히자

문장에는 홑문장과 겹문장이 있다. 겹문장에는 이어진 문장과 안긴 문장이 있다. 안긴 문장에는 명사절, 관형절, 부사절, 서술절, 인용절 등이 있다.

이어진 문장과 안긴 문장이 혼합적으로 쓰이며 문장이 길어지는 경우가 많다. 긴 문장을 쓰다 보면 주어와 목적어, 서술어가 호응을 하지 못해 난해한 문장이 되는 경우가 많다. 문장의 형태를 확실하게 익혀서 각 문장성분이 호응하도록 쓰는 것이 중요하다.

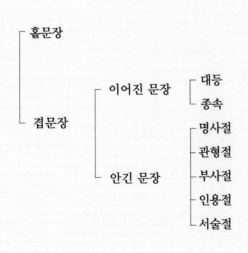

1.홑문장 : 주어와 서술어의 관계가 하나인 문장

　→ 나는 글쓰기를 잡는다.

　→ 나는 글을 쓴다

2.겹문장 : 주어 또는 서술어가 2개 이상인 문장

　1) 이어진 문장 :

　　① **대등** : 앞 문장과 뒷 문장의 관계가 대등한 문장

　　　→ 인생은 짧고 예술은 길다.

　　② **종속** : 뒷 문장의 앞 문장이 종속의 관계인 문장

　　　→ 봄이 **오니** 꽃이 핀다.

　　　→ 왕비가 **죽자** 왕도 죽었다.

　　　→ 주인공이 **되려면** 글쓰기를 잡아라.

　2) 안긴 문장 :

　　① **명사절** : 명사형 어미 'ㅁ/음, 기', 의존 명사 '것' 이 문장 성분으로 쓰임

　　　예) 나는 한국에 **돌아오기**를 잘 했다.

　　　　→ 나는 한국에 돌아오다.

　　　　→ 나는 잘 했다.

　　　'돌아오다' 라는 동사에 '-기' 라는 명사형 어미가 붙어 '돌아오기'
　　　라는 명사로 활용되어서 '나는 한국에 돌아오기' 라는 안긴 문장이
　　　전체 문장의 명사형으로 쓰임.

　　② **관형절** : 안긴 문장의 서술어가 관형어로 쓰임

　　　예) **성실한** 사람이 글쓰기도 잘 한다.

　　　　→ 사람이 **성실하다.**(서술어)

　　　　→ 사람이 글쓰기도 잘 한다.

　　　안긴 문장인 '사람이 성실하다' 의 서술어인 '성실하다' 가 전체
　　　문장에서 명사인 사람을 꾸미는 관형어(성실한)로 쓰임.

③ **부사절** : 안긴 문장의 서술어가 부사어로 쓰임

　예) 여름이 <u>소리 없이</u> 왔다.

　　→ 소리가 <u>없다</u>.

　　→ 여름이 왔다.

　안긴 문장인 '소리가 없다' 의 서술어인 '없다' 가 전체 문장에서
　부사어(없이)로 쓰임.

④ **서술절** : 주어가 2개이고 서술어가 한 개인 형태. 안긴 문장 전체가
　　　　　서술어 역할을 한다.

　예) 그는 키가 크다.

　　→ **키가 크다.**

　안긴 문장 '키가 크다' 가 전체 문장에서 서술어로 쓰임.

⑤ **인용절** : 인용문장이 쓰임.

　예) 그는 <u>세상이 아름답다</u>고 노래한다.

　　→ 세상이 아름답다

　　→ 그는 노래한다.

　'세상이 아름답다' 는 그의 말을 인용한 안긴 문장이다.

문장과 문체

글에는 홑문장과 이어진 문장, 안긴 문장이 복합적으로 드러난다. 홑문장
위주인 것을 <u>간결체</u>, 복합문장 위주인 것을 <u>만연체</u>라 한다. 주성분 위주로
쓰인 것을 <u>건조체</u>, 주성분 외에 꾸며주는 말이 많은 것을 <u>화려체</u>라 한다.

· 꼭 알아야 할 맞춤법 원칙

한글 맞춤법은 표준어를 ①소리대로 적되, ②형태를 밝혀 적음을 원칙으로
한다.

① 하늘, 구름, 노래 등은 소리대로 적은 말이다.
② 일찍이, 맑다, 좋다 등은 형태를 밝혀 적은 말이다.

예) 잠자리떼가 하늘을 아름답게 수놓고 있다.
① 소리대로 적은 말 : 잠자리떼가
② 형태를 밝혀 적은 말 : 하늘을(하느를), 아름답게(아름답께), 수놓고(수
노코), 있다(읻따)

우리말은 소리대로 적자니 뜻을 파악하기 어려운 말도 많고, 형태를 밝혀
적자니 '집웅'이 '지붕'으로 변한 것처럼 어원이 바뀐 말들이 많다. 따라서
어떤 말은 소리대로 적고, 어떤 말은 형태를 밝혀 적음을 원칙으로 한다.

맞춤법을 올바로 구사하려면 전문적으로 문법을 배워야 한다.

　요즘은 웬만한 맞춤법은 컴퓨터와 워드프로세스가 자동으로 잡아주는 것을 감
안해서 많은 이들이 틀리는 맞춤법 관련 문법 몇 가지를 소개한다.

'사이시옷(ㅅ)' 표기는 언제 하나요?

우리말에는 '손발', '사잇소리', '시냇물', '나뭇잎' 처럼 뜻이 있는 낱말끼리 합쳐진 합성어가 많다. 이때 '사이소리' 와 '시내물', '나무잎' 처럼 모음으로 끝난 앞말에 '사이시옷(ㅅ)' 을 첨가해 '사잇소리', '시냇물', '나뭇잎' 처럼 표기해야 하는 단어가 많다. 그런데 이 '사이시옷' 의 표기에는 예외 조항이 많아 맞춤법에서 틀리는 사람이 매우 많다. 따라서 '사이시옷' 의 표기에 대해 신경을 써서 익혀 두어야 한다.

1) '나뭇가지, 시냇물, 나뭇잎' 에는 왜 사이시옷(ㅅ)을 쓰나요?

① 앞말의 끝소리가 모음이고, 뒷말의 첫 자음이 된소리로 발음될 때 '사이시옷' 을 표기한다. '사잇소리' 는 '사이+소리' 로 이뤄져서 '사이쏘리' 로 발음이 된다. 그래서 앞말 모음 아래 '사이시옷(ㅅ)' 를 표기하는 원칙에 의해 '사잇소리' 로 표기한다. '나뭇가지' 도 '나무+가지' 로 이뤄졌는데 '나무까지' 로 발음이 되기 때문에 '나뭇가지' 로 표기한다.

'구둣방(구두빵)', '촛불(초뿔)', '칫솔(치쏠)', '시냇가(시내까)', '콧구멍(코꾸멍)' 등이 여기에 포함된다.

② 앞말의 끝소리가 모음으로 끝나고, 뒷말의 발음이 'ㄴ+ㅁ' 으로 발음될 때 '사이시옷' 을 표기한다. '시내+물' 을 발음하면 '시낸물' 이 된다. 이처럼 합성어가 'ㄴ+ㅁ' 으로 발음될 때 '사이시옷' 을 표기하는 것이다.

'빗물(빈물)', '잇몸(인몸)', '바닷물(바단물)', '아랫마을(아랜마을)' 등이 여기에 속한다.

③ 뒷말이 'ㅣ' 모음이어서 발음할 때 'ㄴ' 이 첨가되어서 'ㄴ+ㄴ' 으로 발음될 때 '사이시옷' 을 표기한다. '나무+잎' 을 발음하면 '나문닙' 이 된다. 이처럼 합성어가 'ㄴ+ㄴ' 으로 발음될 때 '사이시옷' 을 표기하는 것이다.

'머릿이(머린니)', '깻잎(깬닙)', '뒷일(뒨닐)', '베갯잇(베갠닛)' 등이 여기에 속한다.

2) '댓가-대가', '싯가-시가' 어떤 게 맞나요?

한자어는 '곳간, 숫자, 찻간, 툇간, 곳간, 횟수' 등 6개의 글자를 제외한 글자에는 뒷소리가 된소리로 날지언정 '사이시옷'을 표기하지 않는다. 따라서 '대가', '시가'로 표기하는 것이 맞다.

'대가(대까), 시가(시까), 내과(내꽈), 소아과(소아꽈), 초점(초쩜)' 등 한자어의 결합은 비록 앞말이 모음이고, 뒷말이 된소리로 발음된다 하더라도 '사이시옷'을 표기하지 않는다.

한때 유명인이 방명록에 '댓가'라고 표기했다가 한글도 모른다고 구설수에 오른 적이 있었다. 옛날에는 '댓가', '싯가'로 표기한 적도 있었기 때문에 지금도 이렇게 쓰는 경우가 많은데, 맞춤법 원칙에 어긋나는 말이다. 읽을 때는 '대까', '시까'로 읽더라도 표기는 '대가', '시가'로 해야 한다.

모음의 축약에는 어떤 게 있나요?

우리말 모음에는 단모음(ㅏ, ㅓ, ㅗ, ㅜ, ㅡ, ㅣ, ㅔ, ㅐ, ㅚ, ㅟ)과 이중모음(ㅑ, ㅕ, ㅛ, ㅠ, ㅢ, ㅘ, ㅝ, ㅙ, ㅞ, ㅖ, ㅒ)이 있다. 문장에서 용언(동사, 형용사)의 단모음인 어간 뒤에 단모음으로 시작하는 어미가 오면 이중모음으로 표기하는 경우가 있는데 이를 모음의 축약이라고 한다. 예를 들어 '오다'라는 동사 뒤에 '-았다'라는 어미가 오면 원형은 '오았다'가 되지만 표기는 '왔다'로 하는 게 맞는 표현이다. '붙이어'도 '붙-'이라는 어간 뒤에 오는 '-이어'라는 어미를 축약해서 '붙여'로 표현하는 것이 좋다.

모음축약은 맞춤법에서 많이 틀리는 부분이기 때문에 특히 신경을 써야 한다.(우리말에는 자음축약도 있지만 표기에 반영하지 않으므로 여기에서는 다루지 않는다.)

1) '돼-되', '됐다-됬다' 어떤 게 맞나요?

'돼', '됐다'가 맞다. 기본형 '되다'의 '되-'라는 어간에 모음으로 시작하는 '-어', '-었다'라는 어미가 결합된 말이다. 기본형은 '되어, 되었다'이지만 편리성을 고려하여 '돼, 됐다'로 축약해서 표기하는 말이다.

'안 돼' 가 맞는 표기이다. '안' 은 부정문을 만드는 부사이고, '않–' 은 형용사 '않다' 의 어간이다. 따라서 '안 먹어.' 처럼 뒷말을 부정하는 말로 쓸 때는 부사인 '안' 을 써서 '안 돼' 로 표기해야 한다.

2) '했다 – 하였다' 어떤 게 맞나요?

둘 다 맞다. '했다' 는 '하였다' 를 축약한 표기이다. '했다' 가 발음하기 편하기 때문에 구어체 표현을 쓸 때는 가급적 '했다' 로 표기하는 것이 좋다.

3) '이에요 – 이예요' 어떤 게 맞나요?

이에요' 가 맞다. '이다' 라는 서술격 조사에 '–에요' 라는 어미가 결합된 말이다.

※ '거에요 – 거예요' 어떤 게 맞나요?

'거예요' 가 맞다. '거–' 라는 의존 명사 뒤에 '이에요' 라는 말이 접합된 '거이에요' 가 '거예요' 로 축약된 말이다.

4) '시인이었다 – 시인이였다' 어떤 게 맞나요?

'시인이었다' 가 맞다. 서술격 조사인 '이다' 의 '이–' 라는 어간에 '–었다' 라는 어미가 결합된 말이다.

※ '이야기였다 – 이야기었다' 어떤 게 맞나요?

'이야기였다' 가 맞다. '이야기' 라는 명사 뒤에 '–이었다' 라는 서술격 조사가 접합된 말이다. 기본형은 '이야기이었다' 가 맞다. 이때 '이야기' 의 마지막 말인 '–기' 가 모음이어서 뒷말인 '–이었다' 가 '–였다' 로 축약되어 '이야기였다' 로 결합된 말이다.

5) '애기 – 예기' 어떤 게 맞나요?

'얘기'가 맞다. 기본형 '이야기'가 '얘기'로 축약된 말이다.

용언의 불규칙 활용이란 무엇인가요?

우리말의 동사와 형용사는 '어간+어미'로 활용을 한다. 그런데 일부 단어는 용언의 활용규칙에서 어긋나는 활용을 한다.

예를 들어 '먹다'라는 동사는 '먹고, 먹어, 먹으니, 먹어라', '좋다'라는 형용사는 '좋고, 좋아, 좋으니, 좋아라'와 같이 기본형에 똑같은 어미가 결합해도 형태는 바뀌지 않는다.

하지만 우리말에는 규칙에서 벗어나 활용하는 단어가 있다. 이것을 불규칙 활용이라 하는데, 많은 이들이 불규칙 활용에서 맞춤법을 틀리는 경우가 많기 때문에 잘 익혀둘 필요가 있다.

1) 'ㅅ' 불규칙 활용

낫다 – 낫고, 나아, 나으니, 나아라
잇다 – 잇고, 이어, 이으니, 이어라
긋다 – 긋고, 그어, 그으니, 그어라
이처럼 경우에 따라 어간의 형태가 바뀌는 것을 'ㅅ' 불규칙 활용이라 한다.

※ '낳아–나아' 어떤 게 맞나요?

'낳아–나아'는 서로 다른 말이라 둘 다 맞는 표기이다.

'낳아'는 출산하다는 뜻을 가진 '낳다'라는 동사에 '–아'라는 어미가 활용한 말이다.

'나아'는 더 좋거나 앞서 있다는 뜻을 가진 '낫다'라는 형용사에 '–아'라는 어미가 불규칙 활용한 말이다.

※ '入' 불규칙 활용의 예

병이 점점 나아 간다.

글쓰기 실력은 너보다 내가 더 나아.

서로를 이어 주다.

확실히 금을 그어라.

2) 'ㅂ' 불규칙 활용

춥다 – 춥고, 추워, 추우니, 추웠다

가깝다 – 가깝고, 가까워, 가까우니, 가까웠다

맵다 – 맵고, 매워, 매우니, 매웠다

이처럼 경우에 따라 어간의 'ㅂ'이 생략되고 '워'의 형태로 쓰이는 것을 'ㅂ' 불규칙 활용이라 한다.

3) 'ㄷ' 불규칙 활용

(말을) 묻다 – 묻고, 물어, 물으니, 물었다

(말을) 듣다 – 듣고, 들어, 들으니, 들었다

(짐을) 싣다 – 싣고, 실어, 실으니, 실었다

이처럼 경우에 따라 어간의 형태가 'ㄷ'에서 'ㄹ'로 바뀌는 것을 'ㄷ' 불규칙 활용이라 한다.

4) '_' 불규칙 활용

바쁘다 – 바쁘고, 바빠, 바빴다

크다 – 크고, 커, 커서, 컸다

예쁘다 – 예쁘고, 예뻐서, 예뻤다

이처럼 경우에 따라 어간에서 '_'가 탈락되는 현상을 '_' 불규칙 활용이라 한다.

※ '담가 – 담궈' 어떤 게 맞나요?

'담가' 가 맞다. 기본형 '담그다' 의 어간 '담그-' 에 어미 '-아' 가 결합하면서 'ㅡ' 가 탈락되어 '담가' 로 쓰이는 말이다.

※ '일을 치러 – 일을 치뤄', '잠가 – 잠궈', '들러서 – 들려서' 어떤 게 맞나요?

'일을 치러', '잠가', '들러서' 가 맞다. 각각 '치르다', '잠그다', '들르다' 에 어미 '-아/-어' 가 결합하고 'ㅡ' 가 탈락해 쓰이는 말들이다.

5) 'ㄹ' 탈락 현상

'갈다', '팔다', '불다' 와 같은 일부 용언이 'ㄴ, ㅂ, ㅅ' 으로 시작하는 어미를 만나면 'ㄹ'을 표기하지 않는다.

밭을 갈고, 가니, 갑니다, 간
물건을 팔고, 파니, 팝니다, 판
바람이 불고, 부니, 붑니다, 분

※ '나는-날으는' 어떤 게 맞나요?

'하늘을 나는' 이 맞다. '날다' 라는 동사가 '-는' 이라는 어미를 만나 'ㄹ' 이 탈락하는 한 현상이다.

이밖에 '여' 불규칙, '러' 불규칙, 'ㅎ' 불규칙 활용 등이 있지만 이런 것들은 웬만하면 맞춤법에서 틀리지 않기 때문에 여기에서는 다루지 않는다.

'수놈-숫놈', '수소-숫소' 어떤 게 맞나요?

'수놈', '수소' 가 맞다. 우리말에서 수컷을 '숫-' 으로 표기하는 것은 '숫쥐, 숫양, 숫염소' 뿐이다. 나머지 말들은 모두 '수-' 로 표현한다.

1) 수컷을 일컫는 접두사는 '수-' 로 표기한다.

수놈, 수소, 수꿩, 수나사, 수호랑이, 수단추, 수은행나무 ……
여기에 해당하는 낱말은 읽을 때도 표기대로 읽어야 한다. 즉 수놈과 수소를 '순놈, 숟쏘' 가 아니라 '수놈, 수소' 와 같이 그대로 발음해야 한다는 것이다.

2) 원래 '수-'의 원형은 '숳'이다. 역사적으로 '숳개'를 읽으면 '수캐'가 되는 것처럼 'ㅎ'이 'ㄱ'을 만나 거센소리인 'ㅋ'으로 굳어진 것들이 많다. 이때 '숳-'의 어원을 살려 '수-' 뒤에 'ㄱ, ㄷ, ㅂ, ㅈ'이 오면 소리 나는 대로 거센소리로 표기하는 것을 원칙으로 한다.

　① '숳ㄱ' = 수컷, 수캉아지, 수코기, 수코양이, 수캐미 등
　② '숳ㄷ' = 수탉, 수퇘지, 수탕나귀 등
　③ '숳ㅂ' = 수평아리, 수톨쩌귀 등

※ '수컷'처럼 거센소리를 반영하는 말들은 '암컷'을 표기할 때도 똑같이 거센소리를 인정한다. 이 말들은 '암-'를 표기할 때도 똑같이 거센소리를 반영해야 한다.
　암컷, 암캉아지, 암캐, 암탉, 암평아리, 암퇘지, 암탕나귀, 암톨쩌귀, 암키와

3) 단, '숫쥐, 숫양, 숫염소'는 사잇소리를 인정해서 '사이시옷(ㅅ)'를 표기한다. 따라서 이 세 단어는 읽을 때도 '숫쥐(순쮜), 숫양(순냥), 숫염소(순념소)'로 사잇소리를 반영해야 한다.

※ '숫처녀', '숫총각'은 수컷의 '수-'를 뜻하는 것이 아니라, 순결을 간직했다는 별도의 뜻을 가진 '숫-'이라는 접두사이기에 **숫처녀, 숫총각**으로 표기하는 것이다.

'갈게-갈께', '할걸-할껄' 어떤 게 맞나요?

'갈게', '할걸'이 맞는 표현이다. 'ㄹ' 뒤에 오는 어미는 된소리로 발음된다 하더라도 예사소리로 표기한다는 규정에 따른 것이다.

내가 갈게, 내가 해줄게, 내가 할 거야, 내가 할걸 등은 SNS에서 가장 많이 틀리는 표현이다. 특별히 익혀두면 요긴하게 활용할 수 있다.

'바쁠지라도~', '~이 될지언정', '~하면 할수록' 등도 마찬가지로 발음은 된소리로 될지언정 표기는 예사소리로 한다.

※ 단, 의문문으로 끝나는 말은 "–까?"로 통일하기 위해 된소리로 적는다.

"내가 갈까?"

"내가 해줄까?"

"내가 할까?"

'색시–색씨', '몹시–몹씨' 어떤 게 맞나요?

'색시', '몹시'가 맞다. 우리말에서 'ㄱ, ㅂ' 받침 뒤에서 나는 된소리(색씨, 몹씨)는 같은 음절이나 비슷한 음절이 겹쳐 나는 경우가 아니면 된소리로 적지 않는다.

예) '국수, 깍두기, 법석, 갑자기'도 된소리로 발음되지만 된소리로 적지 않는다.

일단 쓰고 보자,
그것이 주인공의 몫이다

"어떻게 하면 글을 잘 쓸 수 있죠?"

"머릿속으로 생각할 때는 금방이라도 쓸 것 같은데 막상 쓰려고 하면 답답하고 막막해지는데 어떻게 해야 하죠?"

글쓰기 강좌에서 참 많이 듣는 질문이다. 그때마다 가슴이 뜨끔하다. 필자역시 정말 글을 잘 쓰고 싶다. 그래서 오래 전부터 누군가에게 이런 질문을 많이했었고, 지금도 그 답을 찾기 위해 끊임없이 노력하고 있다. 정말 어떻게 하면글을 잘 쓸 수 있을까? 글을 쓰려고만 하면 가슴이 답답하고 막막해 지는데 어떻게 해야 하는가?

효학반(斅學半, 가르치는 일은 자기 학업의 반을 차지함, 학업의 반은 남을가르치는 동안에 이루어 진다는 뜻)이라 했던가? 그동안 글쓰기 강의를 하면서큰 위안을 얻었던 말이다. 실제로 필자 자신이 많은 사람들을 가르치면서 더 많은 것을 얻었다. 그래서 지금은 아예 가르친다기보다 배운다는 마음으로 강의에 임하고 있다. 그러다 보니 한결 마음의 여유가 생겼고, 글을 써야 할 일이 생기면 어떻게든지 써 놓고 보는 힘을 얻었다.

필자는 스스로 글을 잘 쓴다고 생각하지 않는다. 단지 누구 못지않게 신문사설과 칼럼, 시와 수필, 출판기획서와 출판보도자료 등을 많이 쓰고 있는 것은 사실이다. 그러다 보니 지금은 글쓰기의 어려움을 토로하는 수강생들에게 개인적으로 들려줄 수 있는 경험담도 많이 생겼다.

"운동해 보셨나요? 어떤 운동이든 처음 할 때는 근육도 뭉치고 힘이 들지만, 포기하지 않고 자꾸 하다 보면 숙달이 돼서 점점 편해지고 자연스러워지잖아요. 글쓰기도 마찬가지예요. 처음에는 가슴이 답답하고 힘이 들지만, 어떻게든지 쓰다 보면 어느 순간 점점 자연스럽게 쓰고 있는 자신을 발견할 수 있을 거예요. 어떻게 아냐고요? 저를 보세요. 제가 바로 그 증인입니다."

글쓰기는 더 이상 전문작가나 소수의 전유물이 아니다. 과거에는 전화나 직접적인 만남으로 이뤄지던 소통이 인터넷이 발달하면서 이제는 거의 다 글쓰기를 통해 이뤄지고 있다. 직장에서도 이메일이나 메신저를 통한 글쓰기가 중요하다. 사적으로도 카페나 블로그, SNS를 통한 글쓰기가 일상이다.

기본적인 글쓰기 능력을 갖추지 못한 청춘은 점점 생존의 경쟁력마저 뒤처지고 만다. 앞으로 재택근무가 늘어나면 이런 현상은 더욱 가속화 될 전망이다. 이제 생존 경쟁력을 갖추기 위해서라도 글쓰기를 배워야 한다.

필자도 글쓰기가 어렵다. 지금 이 글을 쓰면서도 답답한 가슴을 달래기 위해 수차례 자리에서 일어났고, 바깥으로 나가 밤바람도 많이 쐬었다. 오로지 포기하지 않고 썼다 지웠다 하며 어떻게든지 쓰고 또 쓸 뿐이다. 그만큼 절실하기에 포기하지 않았을 뿐이다.

"글쓰기가 어렵지 않은 사람이 얼마나 될까? 단지 어렵다고 포기하느냐, 끝까지 써놓고 보느냐에 차이가 아닐까? 일단 써놓고 보자. 그것이 주인공의 몫이다."

필자가 글쓰기 강좌에서 수없이 강조하는 말이다. 그랬더니 많은 사람들이 글쓰기가 힘들어 포기하고 싶은 마음이 들 때마다 이 말을 떠올리고 용기를 얻었다고 한다. 어떻게든 써놓고 보니 점차 글쓰기에 대한 자신감을 갖게 되었다는 것이다. 절실히 쓰면 언젠가는 써진다는 것을 확인시켜주는 사례들이다.

글쓰기는 기술보다 절실함과 뚝심이 더 필요하다는 것이 필자의 지론이다. 궁하면 통하기 마련이다. 어려운 처지에 이르면 오히려 문제를 해결할 길이 생긴다. 글쓰기도 마찬가지다. 절실하게 뚝심으로 밀어 붙이면 어떻게든 써지게 마련이다.

모쪼록 글쓰기 때문에 스트레스를 받는 청춘들이 이 책을 통해 고민을 해결해 나가는 실마리를 찾는데 조금이나마 도움을 얻었으면 하는 욕심을 담아 본다.

참고도서

10년차 직장인 사표 대신 책을 써라(김태광, 위닝북스)

강렬하고 간결한 한 장의 기획서(라일리, 을유문화사)

고객을 유혹하는 마케팅 글쓰기(커내버·에이로위츠, 다른)

글쓰기 생각쓰기(윌리엄 진서, 돌베개)

글쓰기 지우고 줄이고 바꿔라(장순옥, 북로드)

글쓰기가 처음입니다(백승권, 메디치)

글쓰기의 힘(한국출판마케팅연구소)

기적의 글쓰기 교실(이인환, 미다스북스)

김탁환의 쉐이크(김탁환 다산책방)

난중일기(이순신, 동서문화사)

누드 글쓰기; 비즈니스 문서 작성법(김용무, 팜파스)

로지컬 씽킹(테루야 하나코 외, 일빛)

마지막 정성 1%(송수용, 멘토르)

멈추면, 비로소 보이는 것들』(혜민스님, 쌤앤파커스)

면접 서바이벌(정경호, 미다스북스)

미국대통령 명연설문(박순석 외, 느낌이 있는 책)

베껴쓰기로 연습하는 글쓰기 책(명로진, 퍼플카우)

비즈니스 글쓰기의 모든 것(송숙희, 대림북스)

사소한 습관의 힘(바버라 패치터, 아주 좋은 날)

수필문학입문(윤오영, 태학사)

스님의 주례사(법륜스님, 휴)

스토리텔링으로 소통하라(정숙, 차림)

아프니까 청춘이다(김난도, 쌤앤파커스)

안정효의 글쓰기 만보(안정효, 모멘토)

오바마의 설득법(문병용, 길벗)

유혹하는 글쓰기(스티븐 킹, 김영사)

일독백서 기적의 독서법(이인환, 미다스북스)

일반인을 위한 글쓰기 정석(배상복, 경향미디어)

일생에 한 권 책을 써라(안병무, 21세기북스)

즐거운 글쓰기(베르더 외, 들녘)

책쓰기의 모든 것(송숙희, 인더북스)

치유의 글쓰기(세퍼드 코미나스, 홍익출판사)

탁구영의 책 한 권 쓰기(조관일, 미디어 윌)

헤르만 헤세의 독서의 기술(헤르만 헤세, 뜨인돌)

황홀한 글감옥(조정래, 시사인북)